異世界でカフェを開店しました。11

甘沢林檎
Ringo Amasawa

Regina

RB
レジーナ文庫

登場人物紹介
バジル
リサと契約している食いしん坊の精霊。
好きな食べ物：卵焼き
ジーク
カフェ・おむすびの副店長。お菓子作りが得意な元騎士団員。リサの夫でもある。
好きな食べ物：プリン
リサ(黒川理沙《くろかわりさ》)
カフェ・おむすびの店長。学院の料理科で講師もしており、異世界に地球の食文化を広めている。
好きな食べ物：和食

ランダル
マスグレイブ公爵の
専属料理人。
公爵の勧めで
料理コンテストに
出場する。
好きな食べ物：
オムライス
マスグレイブ公爵
隣国スーザノウルの
王弟。好奇心旺盛で
先進的だが、
自由すぎて側近の
ニコラスを
困らせている。
好きな食べ物：
焼きうどん
キャロル
アシュリー商会の
商品開発担当。
派手な化粧と
オネエ口調の
パワフルな男性。
好きな食べ物：やきとり
アメリア
料理科の三年生。
将来の夢のため
料理コンテストに
出場する。
好きな食べ物：べっこう飴
ルトヴィアス
料理科の三年生。
侯爵家の長男で、
アメリアとは幼なじみ。
好きな食べ物：
ショートケーキ
ハウル
料理科の三年生。
落ち着いた性格で、
仲良し三人組の
まとめ役。
好きな食べ物：パイ

目次

異世界でカフェを開店しました。11　7
ある少年たちの卒業　249
ある精霊の観察　289
書き下ろし番外編
あるデザイナーの親切　315

異世界でカフェを開店しました。11

プロローグ

少女は、薄汚れた冊子の表紙を撫《な》でる。何度も何度もめくったせいで、少しくたびれているが、彼女にとっては大切なものだった。

これが彼女の世界を変えたと言っても過言《かごん》ではないだろう。どんな冒険譚《ぼうけんたん》や恋愛小説も敵《かな》わない。この冊子に書かれたすべてが彼女に夢を見せてくれた。

そして今。

時折軽く揺れる魔術式の馬車に乗り、彼女はさらにときめく場所へ向かっていた。

「次は中央広場～、中央広場です」

車掌《しゃしょう》が次の停車駅をアナウンスする。

少女は冊子に挟んでいたメモを取り出し、そこに書かれた駅名を確かめる。

どうやら次が最寄り駅らしい。

窓枠に吊るされた小さいベルを指で弾《はじ》くと、リィンと軽やかな音が車内に響いた。そのベルは降車を知らせるためのものだ。

「次～、停まります」

車掌《しゃしょう》がそう言って間もなく。魔術式の馬車は、ゆっくりと速度を落としていく。

停車した馬車から降りた少女は、メモを頼りに歩き出した。

中央広場から道具街に入る道。そこは少し日陰になっているが、レンガの敷かれた道から立ち上《のぼ》る熱気に、彼女の頬には汗が伝《つた》ってくる。

つば広の帽子が、透けるような白い肌を太陽から隠してくれているものの、慣れない気温にクラリとした。

けれど、少女は足を止めない。

「あった……ここだわ」

彼女が立ち止まったのは、一軒のお店の前。

赤いドアと、壁に埋め込むように設置されたガラスのショーケース。

軒下《のきした》に吊るされた看板を見上げて、店名を確かめる。

「カフェ・おむすび。ようやく来られたのね、わたくし！」

噛みしめるように呟《つぶや》いた彼女は、つば広の帽子を取る。真っ白なその帽子よりも、さらに白く輝く長い髪がさらりと揺れた。

メモを冊子に挟み込み、帽子と一緒に鞄《かばん》にしまう。

カランと爽《さわ》やかな音と共にドアが開くと、甘い香りが鼻腔《びこう》を擽《くすぐ》る。想像していたよりも素敵な空間に胸が躍《おど》った。

第一章　卒業課題を考えています。

時は遡《さかのぼ》り、暖かな春風が吹くフェリフォミア王国の王都。王宮から少し離れた小高い丘へ、制服を着た少年少女が歩いていく。楽しげに笑いながら、あるいは眠そうにあくびをしながら。

彼らが向かうのはフェリフォミア国立総合魔術学院――通称・学院だ。学院は十歳から十二歳までの子供が学ぶ初等科と、その上にある五つの専門課程に分かれている。

以前は騎士科、魔術師科、魔術具科、一般教養科の四課程しかなかったのだが、二年半前に料理科が設立された。新たに建造された料理科の校舎は、敷地の中で最も奥まった場所にある。

その料理科の校舎にも、生徒が続々と登校してきた。一期生たちが最終学年である三年生になった今、後輩の数も増え、とても賑《にぎ》やかになっている。

彼らが登校してくる様子が窓から見える二階の職員室では、講師たちが集まり、朝の会議を行《おこな》っていた。

「おはようございます。先週くらいから春野菜が市場に出回っているので、実習の献立《こんだて》はそれに合わせて調整をお願いします」

黒髪の女性が職員室内の講師たちに向かってそう話す。

彼女はリサ・クロカワ・クロード。元の名前は黒川理沙《くろかわりさ》で、地球からやってきた異世界人だ。この料理科の設立時より、監修と主任講師を務めている。それだけではなく、王都でも屈指《くっし》の人気店であるカフェ・おむすびのオーナー兼店長をしていた。

設立時はリサを含めて四名しかいなかった講師も、今や十名以上になった。料理科の授業は座学より実技に重きを置いているため、王宮の厨房《ちゅうぼう》で働いていた元料理人が多い。

それ以外に動植物学や栄養学を専門とする講師も数名いる。さらに今年度からは給仕やマナーの授業が始まったので、元執事である講師も加わり、講師陣の顔ぶれは豊かになった。

「他に何か連絡事項がある先生はいますか？」

リサはそう言って室内を見回す。他の講師からは特にないようだ。

「では朝の会議はこれで終わりにしますが、この後、三年生の先生方は残ってください」

リサが会議を締めくくると、一、二年生を担当する講師たちはそれぞれの机に戻っていった。

「リサ先生、三年生だけの話って？」

そう話しかけてきたのは、茶色の長髪を一つに束《たば》ねた男性講師だ。

彼は、キース・デリンジェイル。元は王宮で副料理長をしていた。現在は料理科の専属講師として、カフェと料理科を行き来するリサをよくサポートしてくれている。

「三年生といえば、もしや卒業課題の件ですかな？」

ロマンスグレーの髪をした、老年の男性講師が言った。

彼はセビリヤ・コルン。動植物学が専門だ。キースと同じく、料理科の設立時から教壇《きょうだん》に立っている。

「そうなんです。どんな課題にしようか悩んでいて……」

今年の夏、料理科の一期生たちが卒業する。

彼らが料理科で学んだことの集大成を見せてほしいとリサは考えているが、いかんせんこれが難しく、考えあぐねていた。

普段の課題とは一味違い、なおかつ生徒一人一人の個性や力量が発揮できるようなもの。そんな課題がいいとは思っているが、なかなか形にできず悩んでいる。

「生徒たちにレシピを考えてもらうってのはどうだ？」

キースがそう提案してくれたが、リサは難しい顔をしたまま答える。

「その方向で私も考えてるんですけど、なんの制約もなく自由にさせるというのは、どうなのかなぁって……」

「制約かぁ……確かに課題となったら、こっちは採点しなければならないわけだし、ある程度の基準も必要だよな」

リサの言葉にキースも納得したらしく、腕を組んで唸《うな》った。

「料理科で初めての卒業生ですからなぁ。来年以降の卒業生も同じ課題に取り組ませるなら、安易なものにはできませんな」

セビリヤの言葉にリサは頷《うなず》く。彼の言う通り、来年以降のことも考慮しないといけないのだ。

「来週には生徒たちに発表しようと考えているので、いい案があれば今週中に教えていただけると助かります」

「了解～！」

「考えてみましょう」

キースとセビリヤから同意を得たところで、始業の鐘が鳴った。リサたちは話を切り上げ、それぞれ担当の授業へ向かう準備をする。

講師の一人がドアを開けて廊下に出ると、遅刻ギリギリで登校してきた生徒が慌てて走っていくのが見えた。

「やっば！」と焦る生徒に、「早く教室に入らないと遅刻扱いにするぞー！」と言う講師の声が聞こえる。ほぼ恒例の朝のやりとりを微笑ましく聞きながら、リサも職員室を出た。

数時間後。午後の授業を一つ終えたリサが職員室に戻ると、よく見知った顔があった。

「お疲れ様、ジーク」

「ああ、リサも授業お疲れ」

さらりとした銀髪に、青い瞳の男性講師が、ほんの少しだけ口元を緩《ゆる》ませた。

彼はジーク・ブラウン・クロード。リサの夫であり、彼女と同じようにカフェと料理科を行き来している。

今日は午後の最後の授業のみ担当しており、昼過ぎまではカフェで仕事をしていた。

一方のリサはもう授業がないため、彼と入れ替わりにカフェへ行く予定だ。

「そういえば、午前中にシーゲルさんが来て、これを渡すように言われたんだ」

そう言ってジークは封筒を取り出し、リサに渡した。

シーゲルというのは、カフェ・おむすびに食材や備品を納品しているアシュリー商会の担当者だ。とても感じのいい中年男性で、もう数年来の付き合いになっている。

そのシーゲルが持ってきたという封筒に、リサは目を落とした。表にリサの名前が書かれており、裏には『アレクシス』のサインがあった。

「アレクさん？　何か用事かな？」

アレクシスはアシュリー商会の代表で、リサの養母アナスタシアの兄でもある。

「シーゲルさんは、できれば早めに読んでほしいと言ってたが……」

ジークの言葉を聞き、リサはすぐに封筒を開けた。手紙の内容は、食材について相談したいことがあるので近々会えないかというものだった。

「食材のことで相談があるんだって」

漠然《ばくぜん》とした内容に少し首を傾げながら、内容を伝える。

「それならカフェにも関わりがありそうだし、次の休業日にでも話を聞きに行ったらどうだ？」

「そうする」

何か新しい食材でも見つかったのだろうかと、淡い期待を胸に、リサはジークの言葉に頷《うなず》いた。

第二章　食材の供給がなくなると困ります。

カフェの休業日は、ちょうど学院の創立記念日で、料理科もお休みだった。

リサはジークと共に、彼の愛馬シャロンに乗って、王都の中央通りを進んでいた。

中央通りは王宮からまっすぐに延びる大きな通りで、老舗《しにせ》の高級店が軒《のき》を連《つら》ねている。

その中に、ひときわ目を引く大きな建物があった。

その四階建ての建物がアシュリー商会。フェリフォミア随一の大商会だ。

リサたちは入り口でシャロンを預かってもらい、建物の中に進む。受付で名乗ると、すんなり奥に通された。

案内されたのは、商談用の応接室だ。二人掛けのソファーが二つとローテーブル。壁際には絵画や花が飾られており、コンパクトでありながらも落ち着ける空間になっている。

　職員が淹《い》れてくれたお茶を飲みつつ待っていると、いくらも経たないうちに部屋のドアがノックされた。

「忙しいところ、呼び出してすまないね。今日は来てくれてありがとう」

　そう声をかけてきたのは、美中年と呼びたくなる男性だ。口髭《くちひげ》の似合う彼は、アレクシス・ジゼル・アシュリー。このアシュリー商会の代表で、リサの義理の伯父である。

　そして、もう一人は――

「やぁ～ん！　ジークくんは、いつ見てもいい男ね～」

　そう言ってジークの肩をバシバシ叩いている。コクーン型の濃い紫のワンピースに、辛子《からし》色の細身のパンツを穿《は》いたその人は、名をキャロルという。

　紫の長い髪は毛先に向かうにつれて金髪になり、ふんわりとしたパーマがかかっていた。れっきとした男性だが、顔にはバッチリ化粧をしていて、女性のような話し方をする。いわゆるオネエというやつだ。

「アレクさん、キャロルさん、こんにちは」

「まあ、リサちゃんも久しぶり～！　元気にしてた？」

「はい。この間は料理科の生徒たちが、お世話になりました」

「ああ、いいのよ〜！　私もいい刺激を受けたし、生徒ちゃんたちは、みんないい子だったしね〜」

少し前に、料理科の三年生が進路の参考にするため、いろいろな職場を体験した。その際、アシュリー商会の開発部門も体験させてもらっている。

リサ自身、キャロルとは長い付き合いだ。新たな食材を開拓したり、フェリフォミアにはなかった料理を作ったりする際、何かと相談することが多い。アシュリー商会を通じてカフェ・おむすびのレシピを販売しており、また商会が独自に販売する商品の開発にも関わっているからだ。

その窓口となるのが開発部門のキャロルである。

そんなキャロルと代表のアレクシスが、揃ってなんの用事だろうとリサは思う。それを察してか、アレクシスがリサとジークに座るように勧め、彼とキャロルも向かい側に腰を下ろした。

「今日来てもらったのは、食材の件だとあらかじめ伝えていたよね」

「はい。具体的なことは書かれてませんでしたが……」

「手紙に書くよりも直接説明した方が早いかと思ってね」

そう言って、アレクシスが居住まいを正したので、リサもつられるように背筋を伸ばした。

「リサちゃんのおかげで、ここ数年うちの商品はかなり増えたし、これまで扱わなかった食材も販売するようになった。ただ、それらの売上げが最近伸び悩んでいるように感じる」

リサがこの世界に来て、いろんな料理を作ったことで、それまで見向きもされていなかった食材がアシュリー商会で取り扱われるようになった。また、リサ自身が開発に携《たずさ》わった食品も多くある。

前者は米やチョコレート。後者は醤油《しょうゆ》や味噌などがそうだ。

それらはカフェ・おむすびのレシピと共に販売されており、当然カフェでも料理に使われている。

「まさか、製造や取り扱いをやめちゃうなんてことは……」

リサは青ざめた。カフェに欠かせない食材のほとんどはアシュリー商会から仕入れている。それがなくなってしまうと、作れなくなる料理が数多くあるのだ。

リサの反応を見たアレクシスは、少し焦ったように「いやいや」と否定する。

「そういうわけじゃない。ただ将来的に、可能性がなくはないんだ。こっちも商売だからね」

アレクシスは苦笑しつつ話す。伯父として気遣ってくれているのを感じるが、リサはしょんぼりしてしまう。

そんな時、パンパンと手を叩く音が響いた。

リサが顔を上げれば、キャロルが両手を合わせたままニッコリと笑っている。

「もう！　代表もリサちゃんもまだそうなると決まったわけではないんだから、ジメジメしないでよ～！　今日はそうならないために相談するんでしょう、代表！」

「おお、そうだったな」

アレクシスがハッとして、気を取り直したように説明する。

「キャロルの言うように、そうなる前に手を打っておきたいと思って、二人に来てもらったんだ。具体的に言うと、カフェのレシピ以外にも消費を促《うなが》せるような施策を打ち出したくてね」

「レシピ以外で……」

アレクシスの言葉に、リサは「うーん」と唸《うな》りながら考え込む。

カフェで使う食材の取り扱いがなくなるのは死活問題だ。かといって、すぐにいい案が浮かぶはずもない。

リサは隣に座るジークをちらりと見る。彼も顎《あご》に拳《こぶし》をあてて考え込んでいた。

「ちなみになんですが……」

リサはそう前置きして、アレクシスとキャロルに聞く。

「アシュリー商会としては、どのくらいの売上げを目指したいのですか？」

「どのくらいって言われたら、そりゃあ際限なく売れることが望ましいけれど、そうだなぁ……まず商品自体を広く知ってもらう。その上で購入者の母数が増えて、かつカフェや料理科のように定期購入してくれる大口の取引先ができるというのが理想かな」

「それはなかなか……」

具体的な金額で答えるのは難しいようで、ざっくりと説明してくれたが、アレクシスの理想の高さにリサは苦笑した。

宙を見上げながら、うーんと頭を捻《ひね》る。そして、ふと元の世界のことを思い出した。

「あの、料理コンテストとかどうですかね？　特定の食材を使ったレシピを募集して、その中から優《すぐ》れたものを選ぶんです」

リサが思い出したのは、とある料理サイトが定期的に行《おこな》っていたイベントだ。スポンサー企業の食品を使ったレシピを募集し、コンテストを開いていた。

またプロの料理人が料理を作って対決するテレビ番組も多くあった。優勝者には賞金と、その食品を一年分プレゼント……などという副賞が与えられていた記憶がある。

だが、コンテストをするにしても、タダではできないだろう。消費を促《うなが》すためにお金をかけるのは本末転倒な気がして、リサは「やっぱりだめですよね」と言いかけたが——

「いいよ、リサちゃん!!」

「……え？」

アレクシスの言葉をすぐに理解できず、リサは首を傾げた。アレクシスは、先程の悩んでいた顔から一転、とても明るい表情をしている。

「コンテスト！　すごく画期的な発想だわ！」

キャロルも興奮したように弾《はず》んだ声で言った。

「え、いいんですか……？　お金がかかっちゃうんじゃ……」

「見込みがないものにはお金をかけられないが、見込みがあるならそれは立派な投資だ。しっかり計画を練れば、成功する可能性は充分にある！」

「は、はぁ……」

アレクシスの力説に、リサは自信のないまま返事をする。思いつきで言ってしまったが、本当にコンテストでいいのかと不安だった。

「まあ、ただコンテストを開くだけではダメだから、慎重に詰めていかなければならないが……」

「そうね。どうせやるなら、できるだけ多くの人が参加できるようにするべきだわ。この際だから国籍、年齢、性別問わず誰でも参加可能にしたらどうかしら？」

「それはまた規模が大きい話ですね……」

キャロルの提案に、ジークが呆気にとられた様子で呟《つぶや》いた。

「国外からも募《つの》るのか……旅費や宿泊費をうちが負担するかどうかの問題もあるし、開催地の設定が難しくなるから、どうにか人数を絞らなければならないな」

投資といえども、費用は抑えなければならないと、アレクシスが考え込む。

「だったら、審査を複数回に分けたらどうでしょう？　例えば一次審査は書類審査とレシピ審査。そこで選ばれた数名だけを集めて、二次審査で実際に料理してもらうとか」

「なるほど。それなら参加は手紙で受け付けられるし、費用も抑えられる」

リサのアイデアを即採用と言わんばかりに、アレクシスは手帳を広げ、万年筆でメモをとる。

「あと、そのコンテストを需要の拡大にどう繋げるかが問題よね。注目はされるかもしれないけれど、もう一押し欲しいところだわ……」

キャロルの言葉に、リサは再び考え込む。投資、需要拡大、コンテスト……とキーワードを一つ一つ思い浮かべてみた。

――カフェや料理科のように定期購入してくれる大口の取引先ができるというのが理想かな。

先程のアレクシスの言葉を思い出し、そこでハッとする。

「あの！」

突然声を上げたリサに、それぞれ考え込んでいた三人が一斉に視線を向けた。

「投資の額が増えてしまうかもしれませんが、優勝した人にはお店を開く権利をあげたらどうでしょう！」

「……お店を開く権利？　それはどういう……？」

アレクシスは意味がわからないらしく、リサに聞き返す。

「お店を開くっていうのは、正確には『アシュリー商会のサポートを受けてお店を開く』ってことです。お店を開くのは簡単じゃありません。私の場合、たまたま養父母とアレクさんからの大きなサポートがありましたが、普通の人はそうはいきませんよね？　お店を持ちたくても持てない人がたくさんいるはずです。コンテストの優勝者なら腕前は確かだと思いますし、その人がお店を開いてカフェのように繁盛したら、食材を定期購入してくれる大口の取引先になるのでは？」

「なるほど。投資する相手の力量をあらかじめ見極めることができるというのは、とてもいいね！」

「お店を開いてからもリサちゃんみたいに食材の活用法を考えてもらえそうだし、いいことずくめじゃない！　さすがリサちゃんね！　いいとこ気付くわ～」

アレクシスとキャロルが賛同してくれて、リサはほっとした。

そこで、黙って考えていたジークが口を開く。

「なあ、リサ。料理科の卒業課題があるだろう。それと絡められないか？」

「卒業課題？」

思いもしなかった方向からの提案に、リサは一瞬ぽかんとしてしまう。

「卒業課題に何か制約を設けたいんだろう？　それならコンテストの一次審査と同じ課題にするのはどうかと思ったんだが……」

ジークの言葉に食いついたのは、代表のアレクシスだった。

「その卒業課題とは……詳しく聞いてもいいかい？」

アレクシスの問いを受け、リサが説明をする。

「今年の夏、料理科の一期生たちが卒業するので、その前に大きな課題を出すことにしたんです。内容はまだ決まってないんですが、生徒自身が考えた創作料理のレシピにしようかと思って。ただ、何の制約もなく自由にやらせるのもどうかと迷っていて……」

リサの説明に補足するようにジークが続けた。

「料理科初の卒業生になるので、来年以降のことも考えて、それにふさわしい課題にしようとリサは考えているんです。必須食材という制約があればより難度が上がるし、生徒それぞれの個性も出る。さらにそのレシピでコンテストに応募できるとなれば、やる気に繋がるのではないかと」

二人の話を聞き、アレクシスは「なるほど」と頷《うなず》く。

「料理科は創設時にかなり話題になったからね。その生徒たちが出場してくれれば、コンテストの注目度も上がるだろう」

「料理科の生徒たちにもいい刺激になりそうですね。将来お店を持ちたいと考えている生徒もいますから」

ジークの言葉に、キャロルが「あら」と呟《つぶや》く。

「もしかして、あの子かしら？　まあ、リサちゃんに料理を直接習ったんなら、お店を出したくなるのも当然かもしれないわね」

そう言ってキャロルは楽しそうに笑った。

ジークと同様、リサにも『料理科の生徒のためになれば……』という思いがあった。

将来お店を開きたいと思っている生徒はいるが、そのノウハウを教えることはできても、開店資金の面では助けることができない。

カフェ・おむすびも二号店を出店する際に借りたお金をまだ返済中だし、一部の裕福な生徒を除けば親が開店資金を出すというのも難しいだろう。

もし生徒のうちの誰かが優勝したとして、アシュリー商会がスポンサーになって助けてくれるのであれば、これほど心強いものはない。

「では、優勝賞品もその方向で検討しよう。初めての試《こころ》みだし、賭けにはなるが、やってみる価値はある。細部はこれから詰める必要があるけれど、リサちゃんとジークくんも協力してくれるよね？」

「はい。カフェも料理科もアシュリー商会にはお世話になってますし、何より食材の取り扱いがなくなるのは、ものすごく困りますからね。できるだけ協力します」

「俺も同じ気持ちです。よろしくお願いします」

リサに続き、ジークも承諾《しょうだく》すると、アレクシスは「こちらこそよろしく」と微笑んだ。

第三章　卒業課題を発表します。

三日後。リサは料理科にいた。

「はい、みんな席についてー」

始業の鐘と共に教室に入ると、それまで立っていた生徒たちが慌てて席へと駆けていく。

全員が着席し、ざわめきが落ち着いたところで、リサは持参した紙を配る。

前の席から後ろの席へと次々に渡されていく紙。その内容を見て、生徒たちが再びざわめき出した。

「今日は卒業課題について話します。詳しいことはこの紙に書いてありますが、自分で考えた創作料理のレシピを提出すること。ただし、必ず使わなければならない食材があります。それは味噌と醤油です。どちらか一方だけでも構いません」

リサの説明を聞いた生徒の反応は様々だ。あからさまに嫌そうにする者、不安な顔をする者。好戦的な笑みを浮かべる者や、見るからにわくわくしている者もいる。

「提出期限は二ヶ月後。この課題は優劣をつけるものではありませんし、提出しなくても卒業はできます。ただし、みんなが提出した課題の内容は各自の就職先にお伝えするので、そのつもりで取り組んでください」

卒業には関係ないと知って一瞬気が抜けた様子の生徒たちだったが、就職先に内容が伝わることを知るや否《いな》や、揃って表情を引き締める。未提出、あるいは適当なものを提出しても卒業できるが、就職先でどう思われるか……。それを考えたら、否《いや》が応《おう》でも真剣に取り組まざるを得ないだろう。

「あと注意事項が一点。友達と協力して考えても構いませんが、同じレシピを提出するのは不可です。必ず独自のレシピを提出してください。それと――」

リサは一度言葉を切って、教室を見回す。すると、入学時から『将来はお店を開きたい』と言っていた一人の生徒と目が合った。

「今度、アシュリー商会主催の料理コンテストが開かれることになりました。その一次審査のお題も、醤油または味噌を使ったオリジナルレシピです」

料理コンテストという言葉に、教室は先程以上にざわめいた。リサはそれを静めることなく続ける。

「卒業課題のために考えたレシピで、料理コンテストに応募しても構いません。一次審査を通過すると二次審査に進みます。優勝した人には賞金と、副賞としてアシュリー商会の出資でお店を開く権利が与えられます」

そう話すと、生徒たちから「おー」と声が上がった。

「一次審査の結果が出るのは卒業式の後ですし、料理コンテストへの参加は自由です。してもしなくても構いません。また、卒業課題とコンテストで別々のレシピを提出しても大丈夫です」

リサは説明しながら、コンテストについて書かれた紙も生徒に配る。

生徒たちはそれを興味津々《きょうみしんしん》な様子で眺めていた。本気で挑もうとしている子もいれば、腕試し程度に考えている子もいるようで、反応は様々だ。

卒業まであと数ヶ月しかないが、この二つの挑戦が彼らにとって大きな糧《かて》になればいいなと、リサは願っていた。

「ねえねえ、ルトとハウルも参加するでしょ！　料理コンテスト！」

授業が終わり、リサが教室を去った後。オレンジ色の髪をツインテールにした女子生徒が、友人たちに駆け寄った。

彼女はアメリア・イディール。先程の話に興奮して頬を赤く染めている。

「俺はどうすっかなー。そういうのあんまり興味ないし」

そう答えたのは、水色のまっすぐな髪をした男子生徒だ。

彼はルトヴィアス・アシュリー・マティアス。アメリアと違い、卒業課題の詳細が書かれた紙を冷静に眺めていた。

「僕も出なくていいかなぁ。優勝賞品は、お店を開く権利だっけ？　それは僕の進路とは関係ないし……」

困ったように笑いながら答えたのは、紺色のおかっぱ髪の男子生徒。

彼はハウル・シュスト。アメリアとルトヴィアスとは入学時からの親友だ。

男子二人の消極的な返事に、アメリアはムッとした。

「ええ〜、二人ともチャレンジしないの⁉　せっかくのチャンスなのに‼」

「そうは言ってもなぁ。俺もハウルも進路は決まってるし、いつか店を開くとしても、まずそっちが優先だから。まあ、経験の一つとして応募はしてもいいけど……」

ルトヴィアスはそう言って肩を竦《すく》める。彼はカフェ・おむすびに、ハウルは王宮の厨房《ちゅうぼう》に、それぞれ就職を希望していた。

一方、アメリアはお店を開きたいという夢があり、就職先の候補はあるものの、あくまでそれは経験を積むための通過点だと思っている。そこにコンテストの話が舞い込んできて、さらにその優勝賞品がお店を開く権利だと聞き、やる気に火がついてしまったのだ。

「でも、僕らが参加しない方が、アメリアとしては嬉しいんじゃない？　だって、その分ライバルが減るわけだし」

ハウルの指摘に、アメリアはハッとする。

「確かに!!　やっぱり二人は応募しないで！」

「なんだよ、おい……」

一瞬で手のひらを返したアメリアに、ルトヴィアスはげんなりしていた。

「ああ、私にもチャンスが巡ってきたんだわ！　この機会を逃すわけにはいかないじゃない!?　とにかくオリジナルレシピを考えないと！」

アメリアはやる気充分に、胸の前で拳《こぶし》を握った。

「まあ、俺らにも卒業課題はあるから、どちらにせよレシピ作りに取り組まないとだな」

「そうだね。……それにしても、醤油か味噌を使った料理かぁ。既存のものだけでも結構いろいろあるよね」

ハウルの言葉に、ルトヴィアスが同意する。

「そうなんだよなぁ。でも既存のものはダメなんだろう？　リサ先生は創作料理って言ってたもんな」

醤油も味噌も、リサが作った調味料だ。現在はアシュリー商会で生産・販売されており、フェリフォミア国内では容易に手に入れることができる。

料理科の調理実習でもたびたび使われているため、すっかりおなじみとなっていた。ほぼ同じ材料からできているはずなのに、全く味わいが違う二つの調味料。野菜、肉、魚、何にでも合う調味料だからこそ、レシピは数多く存在する。

そう考えると、なかなか難しい課題だ。

「リサ先生は、友達と相談してやってもいいって言ってたけど……どうする？」

ルトヴィアスが課題の進め方を二人に問う。するとアメリアは、うーんと考えてから答えた。

「私は一人でやってみたい！」

きっぱりと言ったアメリアに、ハウルとルトヴィアスが頷《うなず》く。

「そう。じゃあ、僕たちもそれぞれ一人で頑張ろうか」

「だな」

卒業課題とコンテストの一次審査に向けて、三人は各自でオリジナルレシピを考えることにした。

「頑張るぞ〜！」とやる気をみなぎらせるアメリアに、ルトヴィアスとハウルは顔を見合わせて小さく笑うのだった。

第四章　新しいフェアを開催します。

料理科にコンテストの準備にと忙しいリサだが、本業はカフェ・おむすびのオーナー兼店長だ。

今日は二階の従業員用スペースに本店のメンバーを集めていた。リサを含めて五人のメンバーがダイニングテーブルに着席している。

「じゃあ、再来週から始めるフェアの説明をするね」

リサは「じゃーん」と言って、あるものを見せた。それは、手のひらほどの大きさの黄色い楕円形《だえんけい》のもの。すんと匂いを嗅《か》ぐと、甘い香りが漂ってくる。

初めて見る食材らしきものに、リサとジーク以外のメンバーが首を傾げた。

「これは……なんですか？」

濃い黄色の髪をした大柄な男性が問う。

彼はヘクター・アディントン。カフェ・おむすび本店の調理担当だ。本来は王宮の料理人なのだが、現在はカフェで修業を積むため、期間限定で働いている。

「これはパルゥシャという果物でね、次のフェアに使うつもりだから、今日はまずどんな味か試食してもらおうと思って」

このパルゥシャという果物は、リサの世界でいうマンゴーによく似ている。

リサはあらかじめ用意していたペティナイフを右手に持つ。パルゥシャを縦に寝かせて左手で固定し、真ん中よりやや右側を切り離した。ヘタのついた中央部分を残し、左側も同じように切り離す。こうすると中央部分だけに種が残るのだ。

切り離した両側の部分は、果肉にさいの目にナイフを入れる。そして、皮の方から押し出すように裏返すと、濃いオレンジ色の果肉が綺麗なブロック状になって飛び出た。

その様子を見ていたメンバーが「わぁ！」と華やいだ声を上げる。

リサは二個目、三個目も手早く切っていき、メンバー一人につき半玉ずつのパルゥシャが行き渡った。

リサとジークは先日すでに試食しているが、他の三人にとっては初めて食べる果物だ。おいしそうな香りと鮮やかな見た目に、期待でそわそわとしている。

「ブロック状になってるのを、スプーンで一つずつ掬《すく》い取るように食べてみて」

　そうリサが言うと、メンバーはさっそくスプーンを手に取った。

　適度に熟して柔らかいパルゥシャの果肉は、スプーンで簡単に掬《すく》える。メンバーは次々と掬《すく》って頰張《ほおば》った。

「すごい！　甘ーい!!」

　いち早く感想を口にしたのは、焦げ茶のボブをハーフアップにしている女性。

　彼女はデリア・オーウェン。小さな子供を持つママさん従業員で、接客を担当している。

　甘いものが好きなので、柔らかく熟したパルゥシャを食べて少女のように喜んでいた。

「本当に甘いですね！　逆に、果物特有の酸味はあまり感じません」

　ヘクターもパルゥシャの甘さに驚きつつ、これまでお菓子作りなどに使ってきた果物の味と比べているようだ。

「この甘さが、今度のフェアで作るスイーツのポイントになるかもな。生で食べても充分においしいから、この味を活かしたスイーツができればいいが……」

　パルゥシャを一度食べたことがあるジークは、改めてその味を確かめながら思案する。

　おそらく彼の頭の中には、これから作ろうとしているスイーツのイメージが広がっていることだろう。

　そんな中、リサは先程から一人黙って考え込んでいるメンバーに気付いた。

「オリヴィア、あまりおいしくなかった？」

リサはミルクティー色の長い髪をした女性店員を窺《うかが》う。

彼女はオリヴィア・シャーレイン。デリアと同じく小さな子を持つママさん従業員だ。このメンバーの中ではジークに次ぐ古株で、カフェ本店の接客の要《かなめ》となっている。

「あ、いいえ！　とってもおいしいわ！　ただ、どこかで食べたことがあるような気がして……」

「もしかしたら、スーザノウルに行った時に食べたのかもね。このパルゥシャは、スーザノウルで採れたものを輸入してるの」

「ああ、そうだわ！　乾燥したものをスーザノウルのお土産《みやげ》として買ったのよ！」

謎が解けてすっきりしたらしく、オリヴィアは晴れやかな顔になった。

「確かに、お土産《みやげ》なら乾燥のパルゥシャが適してるね。生だと冷蔵しないと、あんまり日持ちしないから」

完熟パルゥシャは完熟マンゴーと同様、濃厚な甘みがある。その一方で、限度を超えて熟すと柔らかくなりすぎるため、扱いが難しくなるのだ。

「まあ、熟しすぎたらピューレにしてムースとかプリンとかを作ればいいから、使い道はあるんだけどね」

「パルゥシャでプリンが作れるのか⁉︎」

リサの言葉に真っ先に食いついたのはジークだ。彼はスイーツ全般が好きな大の甘党だが、中でもプリンが一番好きなのである。

彼曰《いわ》く、『卵とミルクと砂糖だけで作られているシンプルなスイーツだからこそ奥が深い』らしい。

「プリンといっても、グリッツで固めるタイプのプリンだけどね。マンゴー……じゃなかったパルゥシャの甘さがミルクと絶妙に合うんだよね～」

そう言いながらリサが思い出すのは、マンゴープリンだ。

中華料理では杏仁豆腐《あんにんどうふ》と並ぶ定番のスイーツ。プリンといいつつ卵を使わない上に、蒸すわけでもないので、実際はゼリーに近い。

だが、マンゴー特有の濃厚な味は普通のプリンに負けていない。

しっかりした味でありながらも、ツルリとした喉《のど》ごしで、油っこい中華料理の後でもペロリと食べてしまえるのだった。

マンゴープリン、もといパルゥシャプリンがどんなスイーツなのかを話しながら、リサはパルゥシャの種の周りに残った果肉をナイフでそぎ落とす。

そのおこぼれに預かろうと、体長二十センチほどの精霊が隣でスタンバイしていた。

緑の服を着たその精霊は、名をバジルという。リサがこの世界に来た時から契約している精霊だ。

「マスター！　バジルにも一口‼」

純粋な目で見上げられると、リサもダメとは言えない。

「はい、滑《すべ》るから気をつけて持ってね」

リサは微笑ましく思いながら、サイコロ状に切ったパルゥシャを渡す。バジルは「わーい！」と言って両手で受け取り、そのまま齧《かじ》りついた。

リサも行儀が悪いと思いつつ、残った果肉を手で口に放り込む。パルゥシャの旬は始まったばかりなので、あっさりめの味わいだ。それでもパルゥシャ独特の甘さは充分に出ていて、他の果物とは違う風味がとてもおいしい。

「フェアのスイーツ、一つはパルゥシャプリンにするとして、他はどうするんだ？　フェアとして打ち出すなら、いくつか用意しないといけないだろ？」

ジークの中では、パルゥシャプリンはすでに決定したらしい。リサとしても異論はないが、何より自分が食べたいんだろうなと想像できて、ついくすりと笑ってしまう。

「そうだね。パルゥシャはこれから三、四ヶ月の間、定期的に入荷する予定だから、スイーツは月ごとに変えてもいいかも。パルゥシャ自体、時期によって若干味が違うと思うし、それに合わせて考えるのもありかな」

「このままでもすごくおいしいのに、いろんなスイーツになると思うと、とても楽しみだわ」

オリヴィアがうっとりしながら言う。パルゥシャが相当気に入ったらしい。

「そんなに長い期間、フェアをするのは初めてじゃないですか？　いや、俺がカフェに入る前にはあったのかもしれませんけど……」

「そう言われれば、こんなに長いフェアをするのは初めてかも。他の果物も旬は同じくらい長いし、店頭にも並ぶけど、その間ずっとフェアをしてたことはないもんね」

確かにヘクターの言う通りだとリサは思う。ここまで長期間のフェアというのはやったことがない。それを思うと、メインの食材がパルゥシャだけで大丈夫なのかと不安になる。

「うーん、急に不安になってきた……。パルゥシャだけで三、四ヶ月もフェアって、お客さんが飽きちゃうかな？」

率直な意見が聞きたくて、リサは他のメンバーの顔を窺《うかが》った。

「でも、スイーツは月ごとに変えるんですよね？　それなら……」

デリアがフォローするように言う。だが、ジークが「いや」と口を挟んだ。

「確かにパルゥシャだけで長期間のフェアというのは難しい気がする。他にも売りがあればいいんだが……」

「だよねぇ。パルゥシャだけだと新鮮味がなくなって、最後の方はフェアってことも忘れられそうな気がする。でも他に、売りになりそうな食材かぁ……」

ジークの言葉を受けて、リサは「うーん」と悩む。

果物の旬の時期にフェアをするというのは、リサの元いた世界ではよくあることだ。フルーツパーラーでは旬の果物のパフェや盛り合わせがメニューに並び、ホテルのレストランは期間限定スイーツのビュッフェで賑《にぎ》わう。

だが、一つの果物だけでフェアをするのは、フェリフォミアでは初めての試《こころ》みだろう。これがお客さんにどのように受け止められるかはわからない。

初めてだからこそパルゥシャだけで挑むべきか、それとも別の食材も取り入れるべきか……

リサは迷ってしまう。

「ねえねえ、リサさん」

オリヴィアの声に、悩んでいたリサは顔を上げた。

「なぁに、オリヴィア」

「パルゥシャを目玉にしつつ、スーザノウルの他の食材も使うっていうのはどうかしら？　それならバリエーションも出せるし、スイーツだけじゃなくていろいろ楽しめるかなって思ったの」

「それはいいかも！　同じ地域の特産品なら共通点もあるし、スイーツだけじゃなくて食事系のメニューもたくさんできそう！」

オリヴィアのナイスなアイデアに、リサは表情を明るくする。

スーザノウルの料理にはあまり詳しくないが、食材の持ち味を活かしたオリジナルの料理であれば考えようはある。

ジークも異論はないのか頷《うなず》いているし、デリアとヘクターはどんな料理ができるのかと期待に目を輝かせていた。

「じゃあ、今度のフェアはパルゥシャをメインにしたスーザノウルの食材フェアってことに決定！」

リサがそう言うと、メンバーは全員一致で賛成するのだった。

第五章　フェアの準備が進みます。

数日後のカフェ休業日。今日はこれからフェアに向けての試作をする予定だ。

リサは午前中だけ料理科の授業が入っていたが、それが終わるとすぐカフェに向かう。

裏口から入り、厨房《ちゅうぼう》の扉を開けてちらっと中を覗《のぞ》くと、そこにはパルゥシャの甘い香りが充満していた。

「お疲れ様～。試作はどんな感じ？」

調理台で後片付けする男性二人に声をかけると、彼らはパッと顔を上げる。

「リサさん、お疲れ様です！」

「おかえり。試作の方は、まずまずといったところだ」

ヘクターとジークの言葉に笑顔で頷《うなず》き、リサは着替えのために二階へ向かう。休憩用のダイニングテーブルでは、オリヴィアとデリアが向かい合って作業をしていた。

「二人とも、お疲れ様」

「リサさんも、料理科の授業お疲れ様でした」

リサが労《ねぎら》うと、オリヴィアが作業をやめて、そう返してくれた。

「お腹空いてません？　何か食べます？」

お昼を過ぎているためか、デリアが気遣ってくれる。それにリサは手を振って答えた。

「調理実習で見本用に作ったのを食べてきたから大丈夫。ところで二人は何してるの？」

「補充用のナプキンをたたみながら、フェアの接客について考えてたの」

「私はスーザノウルに行ったことがないから、オリヴィアにいろいろ聞いてたのよ」

どうやら二人はフェアをするにあたり、スーザノウルのことをお客さんから聞かれた時にどう説明するかを考えていたらしい。

「実際は、お料理に関することを聞かれると思うけれど、知識は深めておいた方がいいでしょう？」

オリヴィアの言葉に、リサは「なるほど」と頷《うなず》く。よりよい接客を目指して準備してくれる二人がとても心強い。

「そこまで考えてなかったから、助かるよ～！　こっちも、頑張っておいしいメニューを作るからね」

「ふふふ、期待してるわ」

気合いを入れるように胸の前で両手を握るリサを、二人は微笑ましそうに見つめた。

接客の方はひとまずオリヴィアとデリアに任せ、リサたちはメニューの方を考えなければならない。テキパキとカフェの制服に着替えて、厨房《ちゅうぼう》へ向かう。

「お待たせ〜。いいのできた？」

フェアの目玉であるパルゥシャのスイーツは、プリン以外はジークに一任している。リサはスーザノウルの他の食材を使った料理を担当していた。ヘクターは二人の補佐をしてくれる。

「いくつか作ってみた。ケーキ、タルト、ムースの三種類だな。ようやくパルゥシャの扱いに慣れてきたところだ」

「おお〜、さっそくいろいろ作ったね〜」

ジークは冷蔵庫で冷やしていたスイーツを取り出し、調理台に並べていく。

ショートケーキ風のスポンジ生地と、生クリームを使ったパルゥシャのケーキ。

ナッツのクリームを敷き詰め、その上にカットしたパルゥシャをふんだんに盛り付けたタルト。

ピューレにしたパルゥシャと生クリームでふんわりとした食感を出し、なおかつ綺麗な黄色をしたムース。

形も食感も違う三つのスイーツを、ジークとヘクターは午前中の間に作り上げたようだ。

「それぞれ微調整は必要だと思うが、基本的にはこんな感じでいきたいと思う」

「うん、いいんじゃないかな。あと長期間のフェアだから、販売する順番も決めないとだね」

「確かにそうだな。お客さんが飽きないように工夫しないと」

リサとジークが話すのを、ヘクターは「なるほど」と頷《うなず》きながら聞いている。

「じゃあ、私の方はひとまずプリンを作って、そのあと料理を考えようかな」

「ああ、期待してる。俺はムースにもう少し手を加えてみる」

念願のパルゥシャプリンを食べられると思ってか、ジークはウキウキとした様子で自分の作業に戻っていった。

「ジークってば、ご機嫌だなぁ……」

リサが小さく笑うと、なぜかヘクターはぎょっとした。そして小声でリサに聞く。

「ジークさん、ご機嫌なんですか？　全然そうは見えないですけど……」

「あ〜、あれでもすごいウキウキしてるんだよね……顔には出てないけど、なんていうか……雰囲気が違うのかな？」

ヘクターはまじまじとジークを見つめる。どう見ても無表情だ。

しかし、ジークと出会って数年が経ち、今では夫婦として生活も共にしているリサには、内心はしゃいでいるのが手に取るようにわかった。

「声も弾《はず》んでたし、少し口元も緩《ゆる》んでたし、本当にプリンが好きなんだなーって」

ヘクターは再びジークを見て「声……？　口元……？」と言いつつ呆然としている。

そんなヘクターをよそに、リサは試作を開始した。

まずはジーク待望のパルゥシャプリンだ。

熟したパルゥシャの皮を剥《む》いて種を取り除き、果肉をサイコロ状にカットする。その中で形が歪《いびつ》なものや、熟しすぎて柔らかくなっているものを集め、ミキサーにセット。パルゥシャが滑《なめ》らかな液状になったらピューレの完成だ。

次は鍋に生クリームとミルクを入れ、火にかける。沸騰する直前まで温め、そこに砂糖を加えてよく混ぜる。

砂糖が溶けたら今度は、グリッツというゼラチンのような性質を持つ果汁を加えて、さらにしっかり混ぜるのだ。

そこで鍋を火から下ろし、先程作ったパルゥシャのピューレを加えていく。真っ白だった鍋が黄色に変わり、ミルクとパルゥシャの香りが混ざり合う。

次は氷水を張ったボウルに鍋の底を浸《ひた》し、ゆっくりとかき混ぜる。冷めてとろみが出てきたら氷水から上げ、ガラスのプリンカップに注ぎ入れていく。

カップの六分目くらいまで入れたら、サイコロ状にカットしておいたパルゥシャを一カップにつき数個ずつ入れる。

氷水で冷ますのは少し手間がかかるが、カットして入れた生のパルゥシャの食感を保つことができ、なおかつとろみがつくことで果肉が底に沈むのを防ぐことができるのだ。

ここまで来たら、あとは冷蔵庫でしっかり固めるだけだ。

リサは作業をしながら、時々ジークとヘクターからチラチラと視線を向けられるのを感じていた。どうやら彼らはパルゥシャプリンのことがとても気になっているらしい。

作り方は特に難しくないので、後で二人にも教えようとリサは思った。

続いて、食事メニューの方に取りかかる。

リサには今回、スーザノウルの食材を使ってぜひ作りたいものがあった。

最初に取り出したのは、ある粉だ。

そこで好奇心に駆られたのか、ヘクターがささっとリサのそばに寄ってくる。

「それ、なんですか？　倉庫にあったのを見ましたが、何の粉なのかわからなくて……」

「これはスーザノウル特産の泥麦《どろむぎ》っていう植物を粉にしたものだよ。フォーの素《もと》って言えば、わかりやすいかな？」

「フォーって、この粉からできてたんですね。へぇ～」

泥麦《どろむぎ》はお米の一種だ。フェリフォミアで食べられているものより、粒が長くて粘《ねば》り気が少ない。

以前、スーザノウルの料理人がカフェで料理を学びに来た時、リサはこの泥麦《どろむぎ》の粉を使って、フォーというベトナムの麺料理を作った。

スーザノウルは土地柄か小麦があまりとれず、代わりにコグルというトウモロコシに似た穀物を主食としている。泥麦《どろむぎ》も地域によっては食べられているが、あまりおいしくないため、現地の人々は活用法を探っていた。

そこでリサがフォーを教えたのだ。それ以来、フォーはスーザノウルでよく食べられるようになり、麺も製品化している。

カフェでも何度かメニューに出しているが、麺を手作りするのは大変なため、もっぱら製品化された乾麺を使っていた。

「じゃあ、これでフォーを作るんですか？」

「今日作るのは違うものだよ」

そう言って、リサはボウルを用意する。そこに泥麦《どろむぎ》の米粉と、ジャガイモに似たムム芋のでんぷんを粉にしたものを入れ、ぬるま湯を加えて泡立て器でよく混ぜた。

水の量を加減し、どろっとした液状になったところで、今度はフライパンを用意する。

弱火でほんの少し温めたフライパンに、米粉とでんぷん粉の液を流し入れ、お玉で薄く広げていく。

火が通ると生地は半透明になってくる。全体に火が通ったところでフライパンをひっくり返し、お皿に載せようとしたのだが――

「ああ！　くっついちゃった」

ひっくり返しても、生地はフライパンにくっついたまま落ちてこない。

「うーん……テフロン加工してないフライパンでは無理があったか……」

リサが元の世界で作った時は、この方法でできたのだが、こちらの世界ではできないようだ。

「テフロン……？　よくわかりませんが、焼く前に油を引いたらいいんじゃないですか？」

リサの発言に、ヘクターが首を傾げつつ言った。

「それしかないかなぁ……。とりあえず油を引いてやってみるか」

リサとしては、その方法はあまり取りたくなかったが、ものは試しだ。

へばりついた生地をフライ返しで剥《は》ぎ取る。そうして綺麗になったフライパンに薄く油を引き、生地を伸ばした。

先程と同じように全体に火が通ったところで、ひっくり返す。すると、今度はフライパンから簡単に剥《は》がれ落ちた。

試しに生地の端をちぎり、食べてみる。

「ああ……やっぱり油の風味がして、食感もいまいちだなぁ」

「俺も食べてみていいですか？」

「いいけど、失敗だからあまりおすすめしないかな」

不出来なものを食べさせるのは気が進まず、リサは苦笑する。けれど、ヘクターは興味があるようで、自分も端をちぎって口に入れた。

「……ん？　なんですか、これ？」

思っていたのと違ったのか、ヘクターは微妙な顔をする。

「本当はライスペーパーを作ろうと思ったの。フォーをシート状にしたようなものだね」

そう、リサは元の世界でいうライスペーパーを手作りしようと思っていたのだ。

「シート？　それって何に使うんですか？」

「代表的なのは生春巻きだね。野菜や魚介や肉を、ライスペーパーで巻いた料理なんだ。普通の春巻きは皮に包んだら焼いたり揚げたりするけど、ライスペーパーはこのまま食べられるから生春巻きっていうの」

「なるほど、だからシート状にするんですね」

「そういうこと。でもフライパンで作れないとなると、あれしかないか……」

リサは次の手段を取ることにする。

用意したのは水を張った鍋。その上に目の細かい布を被せ、表面がたわまないようにピンと張り、鍋の縁《ふち》をぐるりと紐で縛る。

その鍋をそのまま火にかけた。

「ええ、なんで鍋に布を!?」

見たことのないやり方に、ヘクターは目を見開く。一方リサは、いろいろな大きさの鍋が置かれた場所をごそごそとあさっていた。

「これはちょっと大きいか……。こっちはちょうどいいかな?」

そう言ってリサが持ってきたのは、ドーム状になった鍋の蓋《ふた》だ。試しに布を張った鍋に被せてみると、やはり大きさがちょうどよかった。

鍋の水は次第に温まり、布から蒸気が出てくる。火を弱めて蒸気の量を調節すると、リサはお玉で掬《すく》った米粉とでんぷんの液を布の上に落とした。

「え!?」

驚くヘクターをよそに、リサは布の上に落とした液を、お玉で丸く伸ばす。そして、用意していた蓋《ふた》を被せた。

「あとは、長いヘラみたいなのが必要なんだけど……パレットナイフでいいか」

「これを使ってくれ」

リサの呟《つぶや》きを拾ったのはジークだった。どうやら彼も気になってリサの作業を見ていたらしい。

パレットナイフは、本来ケーキのクリームを塗ったり伸ばしたりするものだが、先端が丸く、薄くて長い形状が、今回の作業にはうってつけだった。

ジークからパレットナイフを受け取ったリサは、しばし待ってから鍋の蓋《ふた》を開ける。

「あ、今度は良さそう」

布の上には、蒸気で蒸された生地が見事に出来上がっていた。

リサは慎重に端っこを剥《は》がし、布との間にパレットナイフを差し込む。パレットナイフで剥《は》がした生地を、ひっくり返した木製のざるに被せるように置いた。

「これがライスペーパーだよ」

「おお！　さっきより、しっとりしてそうですね」

「そうだね！　本来はこっちの作り方が正しいんだよ」

リサの言葉に、ジークが難しい顔をする。

「それにしても手間がかかるな」

「でも、乾燥させれば保存が利くよ。水で戻してすぐに使えるから、大量に作っておけば大丈夫だけど、定番メニューにするのはちょっと無理かもね。アシュリー商会で商品化してくれないかなぁ……」

リサの元いた世界では、市販のライスペーパーが容易に手に入った。それだけに、わざわざ手作りするのは大変だと思ってしまう。

もちろん手作りならではの良さもあるが、作業効率を考えるとカフェで常備するのは難しい。

スーザノウルではフォーの乾麺が商品化されているので、アシュリー商会が無理なら向こうの商会にライスペーパーを売り込んでもいいかなとリサは思った。

ひとまず今日使う分を十枚ほど作り上げる。

ざるの上で冷ましている間に、巻くための具材の準備に取りかかった。

生春巻きのいいところは、野菜をたっぷりとれるところだ。なので、新鮮な野菜をたくさん使おうと思っている。

シャキシャキの歯ごたえがある、きゅうりに似たミズウリ。鮮やかな赤紫色の、にんじんのようなパニップ。みずみずしい葉物野菜で、レタスに似たサニーチェ。それと、エビのようなアッガーをボイルしたもの。

具材の下準備をしたら、先程作ったばかりのライスペーパーを広げる。

アッガー、ミズウリ、パニップ、サニーチェの順に載せ、両サイドを内側に折り込んでから、くるくると巻いていく。

巻き方が緩《ゆる》いと食べる時に崩れてしまうので、しっかりめに巻くのがポイントだ。

具材をすべて巻き終えたら、次はソースの準備。今回は二種類のソースを作ろうと思っている。

まずは定番のスイートチリソースから。

ペルテンというパプリカのような形の唐辛子をみじん切りにし、リッケロというにんにくに似た根菜をすりおろす。

それらを鍋に入れたら、花蜜《はなみつ》、ビネガー、醬油を加えて弱火で煮る。本当はニョクマムと呼ばれる魚醬《ぎょしょう》があれば良かったのだが、この世界にはないので醬油で代用したのだ。

花蜜《はなみつ》が溶けてなじみ、リッケロのいい香りがしてきたら、沸騰直前で火を止める。あとは冷ませば完成だ。

辛いのが苦手な人のために、別のソースも用意する。

こちらはとても簡単。醤油、花蜜《はなみつ》、ビネガーを混ぜるだけだ。これにマヨネーズを加えてもおいしい。マヨネーズはお好みで使ってもらえるよう、別に添えることにした。

第六章　スイーツがいっぱいです。

使用した調理道具などを洗い、片付け終えると、いつの間にか夕方になっていた。

そろそろ試食をしようとリサが思った時、ちょうどオリヴィアとデリアが厨房《ちゅうぼう》に顔を出した。

「二人とも、いいところに！　これ二階に運んでもらえる？」

リサが盛り付けた生春巻きを指差すと、二人は興味津々《きょうみしんしん》な様子でそれを眺める。

「これが新しい料理なのね！」

「早く食べたいわ～！」

オリヴィアとデリアはそう言いながら、お皿をトレーに載せ、手分けして二階へ運んでいく。

「ジークの方はどう？」

リサが声をかけると、ジークの方も出来上がったケーキを切り分けているところだった。

「おお、さっきより増えてる！」

ジークのそばに行ってみれば、調理台の上にはお昼に見た時よりも多くのスイーツが並んでいる。

「時間があったから、いろいろ試してみようと思って」

リサが生春巻きを作っている間に、あれこれ試作していたらしい。長期間のフェアということもあり、ジークなりにいろいろなバリエーションを考えていたようだ。

どれもパルゥシャを使っているが、材料の組み合わせを変えた様々な形のスイーツが並ぶと壮観だ。

「食べるのが楽しみ！」

パルゥシャプリン以外のスイーツはジークに一任していたため、リサも今回の試食で初めて食べることになる。新しいおいしさに出会える期待に、リサの心はわくわくした。

「俺はプリンが楽しみだ。もちろん生春巻きも」

リサもジークもお互いの料理が食べたくて、ウキウキしながら試食の準備を進めた。

二階のダイニングテーブルにカフェのメンバーが集まった。

テーブルの上には、リサとジークが試作したフェアのメニューが並んでいる。中でも圧巻なのが、ジークの作ったパルゥシャスイーツの数々だ。

ショートケーキ、タルト、ムースに加えて、リサが生春巻きを作っている間に仕上げたらしいロールケーキもある。

リサが作ったパルゥシャプリンと生春巻きを合わせて、計六品が並んでいた。

「お食事メニューから試食した方がいいかな？」

ひとまず生春巻きを試食し、その後スイーツを食べ比べた方がいいだろう。リサがそう提案すると、メンバー全員が頷《うなず》いて、各自お箸《はし》やフォークを手に取った。

「じゃあ、まずこの料理の説明をするね。これは生春巻きっていうの。揚げ春巻きはエドガー殿下の結婚式の時に作ったから、みんな知ってるよね？」

「じゃあ、これは揚げてない春巻きってこと？」

オリヴィアがリサに質問する。

「同じ春巻きという名前ではあるんだけど、皮も中身も揚げ春巻きとは違うから、別の料理だと思ってもらった方がいいかも。とりあえず一度食べてみよう！　タレは二種類あって、赤い方が甘くて辛いスイートチリソース。もう片方が醤油ベースのタレだよ。

マヨネーズはお好みで、醤油のベースのタレに混ぜてもおいしいよ！　どうぞ召し上がれ」

まずは食べてもらった方がいいと思い、リサは説明を切り上げ、生春巻きを勧めた。

メンバーは各々《おのおの》箸《はし》やフォークで生春巻きを摘《つ》まみ、小皿に入ったタレにつけて食べ始める。リサも出来を確認するため、生春巻きに箸《はし》を伸ばした。

ちなみに生春巻きは巻いたままの状態ではなく、食べやすく切っておいた。断面からは彩《いろど》りの良い野菜とエビに似たアッガーが見える。

それを箸《はし》で持ち上げ、タレに浸《ひた》す。リサは醤油ダレの方を選んだ。

他のメンバーが先に齧《かじ》りつくと、「シャキッ」といい音がする。それを聞きながら、リサも勢いよく頬張《ほおば》った。

「お野菜たっぷりで、この甘辛いソースがとても合うわ！」

オリヴィアが口元を手で押さえて嬉しそうに言った。

「この皮、すごくもちもちしてるのね」

デリアが普通の春巻きとは違う点を指摘したので、リサは説明する。

「この皮はフォーの麺とほとんど同じ材料で作ったんだ。お米の仲間である泥麦《どろむぎ》の粉から作るんだけど、それを薄く広げて蒸して作るの」

「言われてみればフォーと似てるわね！」

オリヴィアがリサの説明に、納得したように頷《うなず》いた。

一方、ヘクターは初めて食べる料理に夢中でがっついている。

「おお、マヨネーズが合う！　醤油ダレにも合いますが、こっちのスイートチリソースにマヨネーズを加えても合いますよ！」

生春巻き自体は、わりとあっさりしている。そのため、若い男性であるヘクターは、こってりしたタレの方が好きらしい。

ジークもスイートチリソースをたっぷりつけて、もしゃもしゃと食べている。彼は甘党だが、辛いものも好きなのだ。

「オリヴィアとデリアから見て、生春巻きはどう？」

リサは二人に率直な意見を求める。接客係としての視点と、女性ならではの視点から感想が欲しかった。

もちろんジークとヘクターの意見も尊重するが、作るところを見てしまうと、どうしても料理の技術的な点に注目しがちだ。厨房《ちゅうぼう》で生春巻きを見ていた分、第一印象も薄れているだろう。

その点、オリヴィアとデリアにとっては正真正銘《しょうしんしょうめい》、初めて見る料理だ。見た目、味

ともに第一印象を教えてもらえるし、何よりカフェのお客さんの半数以上が女性。二人なら彼女たちと同じ目線で料理を見ることができる。

「お野菜がたっぷりとれるのは、すごくいいわね。ソースも一つじゃないから比べて楽しめるし」

オリヴィアは野菜がたくさん入っているのが気に入ったようだ。ソースが二つあるので飽きが来ないのも嬉しいポイントなのだろう。

続いてデリアが口を開く。

「おいしいんだけど、ちょっと食べづらいかなって。フォークだと途中でバラバラになりそう……」

「それなら手づかみでも大丈夫だよ。その方が食べやすいと思う」

デリアの指摘はもっともだ。しかし、それは手づかみで食べれば解決する。

「じゃあ、お客様にお出しする時、その説明もした方がいいわね」

「そうだね、よろしく」

納得したデリアが、接客時に一言加えることを忘れないようにメモする。

「リサ、他にどんな料理を作ろうと思ってるんだ？　これはあくまで日替わりメニューの一つになるんだろう？」

ジークの言う通り、生春巻きは日替わりのランチメニューの一つにしようと思っている。日替わりなので、毎日生春巻きを出すわけではない。

　他にも、スーザノウル産の食材を使った料理を出すつもりでいた。

「フォーとトルティーヤにしようかなって考えてるんだ。両方ともスーザノウル産の材料を使うし、私たちにとってなじみ深い料理だしね」

　フォーは、スーザノウルの公爵に頼まれて作った料理だ。そしてトルティーヤはカフェのメンバーで慰安《いあん》旅行に行った際、リサが宿の主人に教えた料理だった。

　そういったカフェとの深い繋がりを考えても、スーザノウルフェアにぴったりの料理だと思う。

「いいんじゃないか。フォーもトルティーヤも具材を変えれば、バリエーションが出ると思うし、生春巻きもそうだろう?」

「うん、そうだね。今日は野菜とアッガーにしたけど、茹《ゆ》でた鳥肉とか、ハムとかでもいいし、それに合わせてタレもアレンジできるよ」

　生春巻きのいいところは、具材のバリエーションが豊富なところだ。また、今回は二種類のタレを作ってマヨネーズを添えたが、タレそのものもいろいろと工夫することができる。

毎日ランチを食べに来る常連さん相手でも充分通用するだろう。

「じゃあ、生春巻きの試食はこのくらいでいいかな？　次はスイーツの方にいこうか」

意見が出揃ったところで、リサは次の試食へと移る。

「スイーツはプリン以外、俺が作った。説明はあまり得意じゃないから、まずは食べてみてほしい」

ジークがそう言ってメンバーにスイーツを勧めた。リサが「あ」と言って補足する。

「プリンを食べる時は、この生クリームとパルゥシャのソースをお好みでかけてね」

リサの作ったパルゥシャプリンは、冷やし固めた時の状態のまま出してある。

普通のプリンはカップをひっくり返してお皿に盛るが、今回はそうしなかった。それは、生クリームとパルゥシャのソースをかけた時に食べやすくするためだ。ひっくり返してお皿に載せると、ソースが流れてしまってスプーンで上手く掬《すく》えない。

各々《おのおの》スイーツに手を伸ばすメンバーを、リサは真剣な顔で見つめていた。

リサの言葉を聞いたジークは、自分の作ったスイーツには目もくれず、パルゥシャプリンに手を伸ばす。まずはそのまま味わうべく、生クリームもソースもかけずに食べることにした。

柔らかいプリンは容易にスプーンが入る。その中からサイコロ状にカットされたパルゥシャが出てきた。

ジークはあむっとスプーンを口に運ぶ。

滑《なめ》らかなプリンの舌触り。続いてパルゥシャの濃厚な風味が口いっぱいに広がり、ミルクと合わさったまろやかな味がとてもおいしい。

舌で転がすと、生のパルゥシャもしっかりと感じられる。柔らかいながらも、プリンとは違う食感が楽しめた。

次は生クリームを少しかけてみる。すると、さらにまろやかになった。パルゥシャはミルクやクリームの優しい風味ととてもよく合う。

そこにパルゥシャのソースを足してみたら、また違う味わいがした。パルゥシャをただピューレにしただけではなく、漉《こ》して滑《なめ》らかにしてある上に、水分を飛ばして濃縮しているようだ。

パルゥシャのおいしさがぎゅっと詰まったソースと生クリームが混ざると、より一層プリンのおいしさが引き立つ。

気が付けば、ジークのプリンのカップは空《から》になっていた。

どうにも物足りず、もう一つ……と思ったところで首を横に振る。これはあくまで試食なのだと思い出した。

「ジーク、どうだった？」

　その声に顔を上げると、リサと目が合う。どうやらジークがプリンを食べるところを、ずっと見ていたらしい。

「普通のプリンとはもちろん違うが、これはこれでおいしい。この生クリームとソースがポイントだな。それぞれ単品でもおいしいが、組み合わせるとさらに味が深まる……」

　いつになく饒舌《じょうぜつ》に語るジークに、リサはクスクスと笑う。

「気に入ってもらえたなら良かった。テイクアウトのプリンにソースをつけるのは難しいけど、店内で提供する分はソースを添えた方がいいかもね」

　リサの意見にオリヴィアが頷《うなず》く。

「それはいいわね。他のスイーツに比べると見た目がシンプルだから、ソースをかけて自分なりのアレンジができるというのは、特別感があっていいと思うわ」

　デリアもヘクターもソースを添えることに対して異論はないらしい。プリンを食べ進めながら頷《うなず》いていた。

　全員がプリンを味わい終えると、次はジークが作ったスイーツの試食に移る。

　ここはなんと言ってもリサの反応が気になるところだ。

リサは四種類のスイーツを嬉しそうに眺めているが、一方で、その目はしっかりと出来を確かめている。

見た目をチェックしたところで、リサはフォークを手に取った。

初めに手を伸ばしたのはショートケーキだ。

ホールを八等分した三角形のピース。二層になった薄黄色のスポンジの間には、生クリームと濃い黄色のパルゥシャが挟んである。生クリームが塗られた表面は、カットされたパルゥシャと、貝殻のような形に絞ったクリームで可愛くデコレーションされていた。

三角形の先端をフォークで切り取ったリサは、それを口に運ぶ。そして、舌で味わうようにゆっくりと咀嚼《そしゃく》する。

ジークも一口食べながら、少しだけ緊張していた。

プライベートでは夫婦とはいえ、リサはジークの料理の師匠だ。今でこそこうしてスイーツ作りを任せてもらっているが、元は何も知らずにこの道に入ったジーク。そんな彼に、リサは一から料理を教えてくれたのである。

いつも明るく朗《ほが》らかなリサだが、料理に関しては妥協《だきょう》をしない。

それがわかっているからこそ、今でも初めて作った料理をリサに食べてもらう時は、こうして構えてしまうのだ。

一口目をゴクリと呑み込んだリサだったが、感想を言うことはなかった。

それよりも先に、ロールケーキにフォークを差し込む。

少し肩すかしを食らったようなジークだが、リサはそれに構わず真剣な顔でロールケーキを味わっていた。

このロールケーキは、リサが生春巻きを作っている時にジークが仕上げたものだ。

巻いたスポンジの中央には生のパルゥシャ。それを囲む真っ白な生クリーム。

スポンジの表面をどうするか迷ったが、クリームは塗らず、てっぺんにこんもりとデコレーションして、四角くカットしたパルゥシャをトッピングした。

その形は指輪のようにも見える。クリームが台座でパルゥシャが宝石といったところか。

ショートケーキもロールケーキも、スイーツの中では定番だ。だからこそリサの反応がますます気になってくる。

ロールケーキを呑み込むと、リサはようやく口を開いた。

「うん、どっちもおいしいね！　でも味が似すぎてるから、販売の時期をずらそうかな」

リサの言う通り、ショートケーキもロールケーキもスポンジ、生クリーム、パルゥシャの三つからできている。

スポンジを重ねて層にするか、巻くかという違いだけだ。

見た目は違っても、味はやはり似通ってくる。だからこそリサは時期をずらして販売すると言ったのだ。

「そうだな、先にロールケーキか？」

「うん、いいと思う。じゃあフェアの最初にロールケーキ、その後にショートケーキね」

それにジークは頷《うなず》く。

次にリサが手をつけたのはタルトだ。

厚めのサクサクしたタルト台に、ナッツクリームのフィリングを敷き詰めて焼き、パルゥシャをたっぷりと盛り付けたものだ。

盛り付けに少し凝《こ》って、パルゥシャを花のようにデコレーションしたのだが、切り分けたらわからなくなってしまってジークは残念だった。

歯ごたえのあるタルト生地と共に、フィリングとパルゥシャを頬張《ほおば》ったリサは、味わってから「うん」と頷《うなず》く。

「おいしい！　ナッツクリームとも合うし、満点だよ！」

リサの言葉に、ジークはテーブルの下でこっそり拳《こぶし》を握った。表情にはまったく出ていないだろうが、ジークの心は舞い上がっていた。

他のメンバーからも「おいしい！」という感想をもらい、残るはパルゥシャのムースだけだ。

ムースは直径五センチの丸いセルクル型で作り、二層になっている。

上の層はパルゥシャをふんだんに使い、ややしっかりした硬さで濃い黄色をしている。

下の層は生クリームをベースにパルゥシャのピューレを加えた柔らかいムースで、薄い黄色をしていた。

横から見ると色の対比が綺麗で、これもリサから太鼓判を押してもらえるだろうなとジークは思っていた。

しかし――

「うーん……もうひと工夫欲しい感じかなぁ？」

ムースを食べたリサの反応は芳《かんば》しくなかった。

「おいしいはおいしいんだけど、材料がこれまでと同じ組み合わせだし、他のに比べて味がぼやけてるっていうか……あと食感的にも何か欲しい気がする」

リサはスプーンを咥《くわ》えたまま、「うーん」と頭を悩ませている。

リサの評価を聞いて、ジークは内心がっかりしていた。自信があっただけに、感情の落差が大きい。

しょんぼりしながら、改めて自分の作ったムースを食べてみる。

ゼリーよりもふんわりとした感触。それをフォークで掬《すく》って、口に運ぶ。

パルゥシャベースの層の濃厚な風味と、生クリームベースの層のまろやかな風味が口の中に広がり、熱で溶けるように舌の上で消えていく。

そこでジークも、リサの言ったことを実感した。

単体で食べれば普通においしい。ただ、他のスイーツと比較すると、どこか劣ってしまう。

問題は下の層。生クリームベースのムースだが、リサの言う通り味がぼやけているように感じる。パルゥシャと生クリームの組み合わせは、プリン、ショートケーキ、ロールケーキでも味わっていたから、よりわかりやすい。

ショートケーキもロールケーキも、ホイップしたクリームを使っていた。そのため、パルゥシャそのものの味がぼやけることはなかった。

プリンはムースと同じようにホイップしないクリームと混ぜてあるものの、中に入ったサイコロ状のパルゥシャがいいアクセントになっており、生クリームの風味はいい引き立て役になっているのだ。

食感の面でもリサの指摘通り、物足りなさを感じる。柔らかく滑《なめ》らかな食感が特徴のムースだが、それが今回はどこか凡庸《ぼんよう》な印象を与えてしまっていた。

「これは、ダメだな……」

ジークは、ムースケーキが失敗だったことを自覚して呟《つぶや》いた。

今回作ったすべてのスイーツが採用されるとは思っていなかったが、いずれも店に出せるクオリティのものをと思って作った自信作だった。

しかし、食べ比べて感じたのは、ムースの今一つな出来。

作っている最中は自信があったが、驕《おご》っていたのかもしれないと今では思える。

うなだれ、反省するジークにリサが言う。

「このままだとフェアのメニューには入れられないけど、工夫次第でいけるんじゃない？　例えばベースのフレーバーを変えるとか、底にクランチっぽいものを敷くとか。ムース自体はフェアのスイーツとして加えたいから、もうちょっと改善して再挑戦だね」

リサの言葉にジークは励まされた。

そうだ、また作ればいい。失敗から学び、もっとおいしいものを作ればそれでいいのだ。

「……ああ、もう少し工夫できないか考えてみる」

「うん、頼んだよ！」

後日、ジークはムースを改良した。

チョコレートを絡めて固めたクランチを敷き、下の層のベースをレアチーズに変えたのだ。

「やばい！　めちゃくちゃおいしいよ‼」

ざくざくのクランチがいい歯ごたえを生み出し、酸味の利いたレアチーズのムースが全体を引き締めている。

しかもクランチに絡めてあるチョコレートは、原料であるシュロームという豆をスーザノウルから輸入していた。

「これならフェアのスイーツとしてもバッチリだね！」

嬉しそうに笑いながら、二口目を食べるリサの姿に、ジークは満足しながら頷《うなず》いた。

第七章　フェアが始まります。

春の暖かな日が続き、花が咲き出した頃。

カフェ・おむすびでは、スーザノウルフェアが始まった。

第一弾のスイーツはロールケーキとプリンだ。まずはパルゥシャがどんな果物なのかを知ってもらうため、この二種類をチョイスした。

第二弾はタルトとショートケーキ。第三弾はジークが改良したムースと、試作には登場しなかったが、あるとっておきのスイーツが並ぶ。

食事メニューの方は、生春巻き、トルティーヤ、フォーを日替わりで出す予定だ。

リサとしてはもう一品くらいローテーションに加えたいところなのだが、食材と相談しながら考え中である。

初日の今日は、生春巻きとスープがセットになったものを提供する。

「じゃあ、フェアの初日だし、みんな気を引き締めていこう」

「「はい！」」

リサの言葉に、厨房《ちゅうぼう》に集まったメンバーが返事をする。

「それでは、開店しましょう」

その一言で、オリヴィアとデリアが厨房《ちゅうぼう》からホールへ向かう。ややあって「開店しまーす」というオリヴィアの声とドアベルの音が聞こえてきた。

次いで、お客さんが入ってくる足音やざわめきが届く。

厨房《ちゅうぼう》は注文が入るまではやることがない。まずはオーダーを聞かなければと、リサもホールへ向かう。

オリヴィアとデリアがグループごとの人数を聞き、席に案内している。リサは用意されていたお冷《ひや》を手に、先に着席したお客さんのもとへ向かった。

「いらっしゃいませ、お冷《ひや》とメニューでございます」

お冷《ひや》をテーブルに置き、メニューを差し出す。

二人用のテーブル席に座るのは、常連のマダムたちだ。

「店長、今日から新しい料理があるんでしょう?」

「私たち、それがいいわ!」

メニューを開くことなく言われ、リサは嬉しく思いながら、カウンターの奥にある黒板を手で示した。そこには日替わりランチのメニューが書かれている。今日は生春巻きのセットと、パスタランチの二種類だ。

「では、生春巻きとスープのセットはいかがですか?　デザートにはパルゥシャという、スーザノウルで採れる果物を使ったプリンとロールケーキを用意しています」

「まあ、それにするわ。そのランチを二つと、プリンとロールケーキを一つずつ」

「お飲み物はどうしますか?」

「食後にブレンドティーを」

「かしこまりました」

エプロンのポケットに入れていた伝票に、ささっと注文を書く。リサはそのテーブルを離れ、別のお客さんのもとへ向かった。

数組のオーダーを取ると、あとはオリヴィアとデリアに任せて厨房《ちゅうぼう》に戻る。

「生春巻きが四、パスタ一、お願いします」

厨房《ちゅうぼう》の入り口でリサが声を張り上げる。

すると、中でスタンバイしていたヘクターが「はい！」と返事をした。

ちなみに今日の調理担当はリサとヘクターの二人。ジークは料理科の授業があるため、夕方にならないとカフェには来られない。

すでに作り置きしてある生春巻きと、鍋に用意してある塩ベースの具だくさんスープ。それを準備するのはヘクターの仕事だ。

リサはフェアとは関係ないパスタセットの方の、ミートソーススパゲッティを仕上げる。

付け合わせのサラダを先にお客さんに出してもらい、その間に麺を茹《ゆ》で始めた。

今日使うのは、アシュリー商会から仕入れている乾燥パスタだ。生パスタと違い茹《ゆ》でるのに少し時間がかかるが、生地を作る手間がかからないため、カフェではよく使っている。

麺が茹《ゆ》で上がったら、作り置きしていたミートソースと和《あ》え、お皿に盛り付ける。お客さんに自分で混ぜてもらってもいいのだが、あらかじめ和《あ》えてある方がソースと麺がより絡んでおいしい。

最後に彩《いろど》りとして、刻んだハーブを少々振りかければ完成だ。

それを厨房《ちゅうぼう》の入り口にある配膳用の台に持っていくと、ヘクターも生春巻きを持ってきた。

生春巻きは切って盛り付けるだけなので、作業としては楽なのだが、いかんせん数が多い。リサも手が空いたらスープの盛り付けを手伝うつもりでいたが、ヘクターの様子を見る限り、どうやらその必要はないらしい。

彼は生春巻きのセットをテキパキと仕上げて運んでいた。

「あ、リサさん。追加でパスタ二ですって」

「はいはーい」

リサに注文を伝えてくれる余裕まであるらしく、頼もしい限りだ。

オリヴィアとデリアも厨房《ちゅうぼう》にオーダーを伝えては、できたものを次々と運んでいく。

その様子も見つつ、リサは担当のパスタを作ることに専念した。

気が付けばランチタイムも終わりにさしかかっていた。

「生春巻き、これで最後です―！」

ヘクターが生春巻きのお皿を出しながら、それを取りに来たデリアに声をかける。

「了解です。オリヴィアにも伝えておくわ」

デリアは生春巻きや他の注文品を手際よくトレーに載せて、厨房《ちゅうぼう》を出ていった。

「あれだけ作ったのに、なくなっちゃったか～」

リサはしみじみと呟《つぶや》いた。

フェア初日ということもあり、生春巻きは注文が殺到してもなくならないよう、多めに作っておいた。

ライスペーパーに関しては、前日までに乾燥させておき、今朝はそれを水で戻して、ひたすら具材を包んでいたのだ。

包むこと自体は、ただ同じ作業を繰り返すだけなので、そう大変ではない。むしろ、ライスペーパーを作る方が大変だった。

初めは天日干しにしようと考えていたのだが、量が量だ。一枚ずつ広げて干すような場所もない。

そのため、当日に必要な分だけ作ることも考えたが、朝仕込むには時間がかかりすぎる。

そこで活躍したのがリサの精霊のバジルだった。

どうしようか悩むリサに、バジルは『これを乾かせばいいんですね！』と言って、風の力であっという間に乾燥させてしまったのだ。

みるみるうちに水分が抜けていくライスペーパーに、ジークとヘクターは狐につままれたような顔をした。一方、リサは感激してバジルを抱きしめた。

『ありがとうバジルちゃん!! お礼に好きなお菓子を作ってあげるからね！』

『本当ですかマスター！　それじゃあバジルは、もっと頑張りますよ～！』

リサの作るお菓子が大好きなバジルは、ご褒美《ほうび》をもらえることで俄然《がぜん》やる気になる。

こうしてライスペーパーの乾燥については解決し、ランチメニューとして提供できるようになったのだ。


やがてランチタイムが終わり、ティータイムに入る。

リサはオリヴィアとデリアが下げてくれた洗い物をヘクターに任せ、ホールに向かう。

そして、ショーケースにあるケーキの在庫を確認した。

やはりパルゥシャのスイーツがかなり減っている。特にプリンは残りわずかだ。

厨房《ちゅうぼう》の冷蔵庫に多少のストックはあるが、それを出しても閉店まではもたないだろう。

「店長さん、お会計をお願い～」

「はーい！」

ショーケースのチェックをしていたリサに声がかかる。リサが顔を上げると、カフェと同じく道具街に並ぶお店の奥さんだった。

彼女も常連の一人で、ふらっとお昼ご飯を食べに来たり、道具街の奥様方とお茶をしに来たりしてくれる。

リサが伝票を受け取り、精算をしていると、奥さんが話しかけてきた。

「あの新しい料理……生春巻きだっけ？　おいしかったわよ～」

「良かった～！　ありがとうございます！」

「ダイエット中だけどさ、野菜いっぱいで罪悪感なく食べられたわ～」

「あら、またダイエット始めたんですか？」

「いやだ～ダイエットなら年中してるわよ、あはは！」

ややふくよかな体形をしている奥さんは、そう言って闊達《かったつ》に笑う。リサもつられて笑顔になった。

「ああそうだ！　新しいケーキももらえる？　持ち帰りで」

「ふふ、ダイエット中じゃなかったんですか？」

「ほら、これは旦那へのお土産《みやげ》よ～！　手ぶらじゃ可哀想だと思って」

いたずらっぽく笑う奥さんにクスクスと笑いながら、リサはパルゥシャのプリンとロールケーキを一つずつ持ち帰り用の箱に入れた。

「気をつけてお持ち帰りください」

「ありがとう！　また来るわね」

いつも明るい奥さんに元気をもらった気がして、リサも笑顔で見送る。

続いて数組のお客さんの会計をすると、リサはショーケースの補充をしてから厨房《ちゅうぼう》へ戻った。

閉店まではまだまだ時間があるため、スイーツの追加分を作る。

まずはプリンだ。手順は試作の時と同じ。だがピューレに加える砂糖の量は、仕入れたパルゥシャの甘さによって調節する。

ゼラチン代わりにグリッツの果汁を入れた液を氷水につけて、とろみがついたらカップに注ぎ入れる。サイコロ状にカットしたパルゥシャをそっと入れたら、冷蔵庫で固まるまで待つ。

その間にロールケーキ作りだ。

こちらはジークが考えたレシピに沿って作っていく。

生地作りはふわふわの食感になるよう、卵をしっかり泡立てるのがコツだ。

卵黄と卵白に分け、卵黄はもったりとするまで、卵白は砂糖を加えながら角《つの》が立つくらいまで、魔術具のハンドミキサーで混ぜる。

卵黄に溶かしたバター、牛乳、小麦粉を加えてダマがないように混ぜたら、卵白で作ったメレンゲを加えて泡を潰さないよう、さっくりと混ぜた。

それを天板に流し込み、表面を綺麗に均《なら》して、オーブンで焼く。

表面がきつね色に焼き上がったら生地は完成だ。乾燥しないよう布をかけて冷ましておく。

次は中に入れるものとトッピング作りだ。

生クリームと砂糖をボウルに入れ、さらに大きなボウルに氷水を張る。それでボウルの底を冷やしながら、ハンドミキサーで角《つの》が立つくらいまでしっかりと泡立てる。

パルゥシャの果肉はサイコロ状にカット。端っこの方の歪《いびつ》な形になっているものは生クリームと一緒に生地で巻くのに使い、綺麗な四角のものはトッピングに使う。

スポンジ生地が冷めたら最後の仕上げだ。

焼き色がついた方を上にして紙の上に置き、手前側に一センチ間隔の切れ込みを入れていく。こうすると生地が巻きやすくなるのだ。

切れ込みを入れた方が内側になるので、そこだけやや多めに、他は均一にクリームを伸ばしたら、手前にカットしたパルゥシャを並べていく。

そして、ここからが一番大事なところだ。

手前側を下に敷いてある紙ごと持ち上げ、まずは芯を作るつもりできつめに巻く。あまりきつすぎるのもダメだが、ここで緩《ゆる》いと中のクリームに空洞ができたり、巻き終わりがくっつかなかったりするので注意が必要だ。

紙の上から生地を押さえながら、最後まで巻いていく。巻き終わりまでしっかりと押さえたら、紙の両端をキャンディーの包み紙のように捻《ねじ》り、冷蔵庫に入れる。

ある程度休ませたら、包み紙を外して両端を切り落とし、均等な幅で切っていく。カフェのロールケーキはお皿に載せても倒れないよう、厚めに切っているのだ。

ナイフについたクリームを濡れ布巾《ぶきん》で拭きながら、一つずつ慎重に切っていく。

真剣な表情でナイフを入れていくリサの横から、場違いな「もしゃもしゃ」という音が聞こえてきた。精霊のバジルが、商品にならない端っこの部分を食べている。

ロールケーキを作る際、両端の部分はどうしても切り落とさざるを得ない。とはいえ見栄《みば》えがしないだけで、味は他の部分と一緒だ。

それを狙ってか、ロールケーキがカフェに並ぶ日、バジルは必ずリサにくっついてケーキ作りを見学している。

最近はライスペーパー作りで活躍してくれていることもあって、リサは快《こころよ》くロールケーキの端をあげていた。

おいしそうに食べるバジルに構うことなく、リサはロールケーキのカットを続ける。

それが終わったら、最後のデコレーションだ。

絞り袋に泡立てた生クリームを入れ、ロールケーキのてっぺんに絞る。絞り袋の口金はギザギザのないシンプルなものを使うので、まん丸のクリームがロールケーキの上にコロンとのった。

パールのような可愛らしいそれを二つ作り、その間に四角く切ったパルゥシャを載せる。

すると、横から見た時に指輪のような形になるのだ。これはジークのこだわりのようだったので、試作の時から変えずにお店に出すことにした。

パルゥシャでロールケーキを作るのは今回が初めてだが、ロールケーキ自体はカフェ・おむすびの定番ケーキの一つ。

イチゴに似たメイチだけを使ったものや、数種類のフルーツを使ったもの、秋には栗に似たブブロンやサツマイモに似たナナット芋を使った季節限定のものがショーケースを彩《いろど》っている。

そんなわけで、素材は違えどロールケーキ作りは、リサにとって手慣れた作業だった。予想していた通り、パルゥシャのスイーツはティータイムでも大人気だった。どうにかギリギリ補充が間に合い、ほっと胸を撫《な》で下ろす。

閉店間際になれば、テイクアウトのお客さんがやってくる。仕事帰りの人が多いのか、お店には入らず、ドアの横にある小窓から注文していく。カフェには壁にはめ込むような形でガラスのショーケースが設置されており、外からでもケーキを選んで買うことができるのだ。

ロールケーキは何本分か作って切り分けたし、プリンも多めに作ったので、閉店まではもつだろう。

一段落ついたところで、リサはふぅ、と息を吐き出す。

すると、肩をポンと叩かれた。振り返れば、夫で副店長のジークが立っている。

「ジーク、料理科終わったんだ。お疲れ様」

「リサもお疲れ様。明日の仕込みは俺がやるから、ちょっと休んでな」

「ありがとう。今日の伝票を整理しながら、少し休憩するね」

リサ以外のメンバーはティータイムに入ったところで、順番に休憩していた。リサはパルゥシャのスイーツにかかりきりだったので、あと回しになっていたのだ。

「伝票の整理か……ほどほどにしておけよ」

それでは休憩にならないと言わんばかりに、ちょっと不満そうな顔をしているジーク。

そんな彼に小さく笑い、リサはホールに伝票を取りに行く。

レジ横にある伝票差しから紙の束を抜き取り、再び厨房《ちゅうぼう》に戻る。その隅にある小さい机に向かい、伝票の整理を始めた。

やはり初日ということで、フェアの料理に注文が集中している。

カフェのお客さんは、みな新しいもの好きだ。もちろん定番の料理を愛してくれている人もいるが、新しい料理が人気なのはカフェ・おむすびへの期待の表れだとリサは思っている。

元の世界の料理知識を応用しているだけとはいえ、この世界では食事情の最先端とも言えるカフェ。

ひいては世界の命運を左右する……などと大それたことを思っているわけではないが、いろいろなおいしいものをこの世界にもっともっと広めていけたらなぁと思っている。

それに、元の世界には二度と帰れないけれど、リサは料理を通じて生まれ故郷との絆《きずな》を感じることができるのだ。

今リサの手元にあるロールケーキもそうだ。バジルの小さな体では食べきれなかったため、残りはリサのおやつにさせてもらっている。

おいしくできたロールケーキの端を摘《つ》まみながら、リサは故郷に思いを馳《は》せるのだった。

第八章　ヒントを探しています。

スーザノウルの食材フェアが始まって数日が経った。

フェアは順調ではあるが、解決すべき課題も見え始め、カフェ・おむすびのメンバーは臨機応変に対応しながら営業を続けている。

「いらっしゃいませ～……って、あら三人ともこんにちは」

開いたドアから入ってきた、よく見知った顔ぶれに、オリヴィアはにこやかに声をかけた。制服を着て、夕方の時間帯に来たということは、どうやら学校帰りらしい。

「こんにちは、オリヴィアさん……」

そう答えたのは、料理科の生徒でカフェの常連でもあるハウル。だが、いつものほんわかとした笑顔ではなく、声にもどことなく力がない。

オリヴィアは「あら？」と思って、一緒に来たアメリアとルトヴィアスを見る。すると、その二人もいつもの元気がない様子。

店内は混んでいるが、あと少しでカウンター席が空きそうだ。オリヴィアはそれを三人に告げ、少し待ってもらう。

やがてカウンターにいたお客さんが帰り、席が空いたので、三人をそこへ案内した。

「はい、メニューよ。ところで、どうしたのみんな。元気がないようだけど……」

オリヴィアはいつになく消沈した三人を心配する。

ルトヴィアスがメニューを受け取りながら苦笑した。

「俺たち、今年の夏に料理科を卒業するんですけど、卒業課題に悩んでて……」

「少しでもヒントがあればと思って、こうしてカフェに来たんです」

ハウルが補足するように言った。

「自分でやってみて、改めて思ったんですけど、リサ先生ってすごいですね。どうやって新しいレシピを考えてるんだろう……」

アメリアが、がっくりと肩を落とす。

三人とも卒業課題にかなり行き詰まっているらしい。

「まあ、そうだったの。私で良ければ力になるわ……って、手伝ってはいけないのかしら？」

もしかしたら助言はマズイのかも、とオリヴィアはハッとする。

「人に相談するのはいいって言われたので、大丈夫だと思います。オリヴィアさん、ありがとうございます」

ハウルの言葉に、オリヴィアはほっと胸を撫《な》で下ろした。

「それなら良かったわ！　では、一つ目の助言は――」

こんなに早くアドバイスをもらえるとは思っていなかったのだろう。三人は期待するような目でオリヴィアを見つめる。

「まず、おいしいものを食べて気分転換するのがいいと思うわ」

冗談めかして言いながらウィンクするオリヴィアに、三人は少々脱力したようだ。

だが、その顔に自然と笑みが浮かんできた。

「そうですね」

「うん、ケーキ食べよう！」

「せっかくフェアもしてるんだし」

ハウル、アメリア、ルトヴィアスは揃って頷《うなず》き、開いてもいなかったメニューにようやく目を向けた。

カウンター席に並ぶ三人のうち、真ん中に座るルトヴィアスがメニューを広げる。すると、両隣にいるハウルとアメリアがそれを覗《のぞ》き込んだ。

「ランチメニューは終わってしまったけれど、ケーキセットはあるわよ。おすすめは期間限定のパルゥシャプリンとロールケーキね」

オリヴィアがメニューを指しながら説明する。

「じゃあ俺、ロールケーキとブレンドティー」

「あ、私も同じので！」

「僕はプリンとブレンドティーでお願いします」

いつもの調子を取り戻した三人の様子を微笑ましく思いながら、オリヴィアは注文を伝票に書いていく。

「かしこまりました。少々お待ちくださいね」

そう一声かけて、まずはお茶の準備に取りかかった。

カップとティーポットに、業務用のポットで保温していたお湯を注いで温める。お茶を淹《い》れるためのお湯は、新鮮な水を入れたケトルをコンロにかけて沸かすのだ。

それが沸騰するまでの間に、ケーキを用意しておく。

ロールケーキをショーケースから二つ出してお皿に載せ、プリンはテイクアウト用ではなく店内用のものを冷蔵庫から取り出す。

違いは生クリームとパルゥシャのソースがかかっているか、いないかだ。

店内で食べるものにはソースがかかっておらず、お客さんに、お好みでかけてもらえるようにしている。オリヴィアはカウンターの下の冷蔵庫から小さな陶器に入った生クリームとソースを取り出し、プリンのお皿に添えた。

ロールケーキのお皿をパルゥシャのピューレでデコレーションしていると、ケトルから勢いよく湯気が噴き出してくる。

オリヴィアは急いで火を止め、温めていたカップとティーポットのお湯を捨てた。

茶葉をティーポットに入れて、ケトルのお湯を注いだら、蓋《ふた》をして砂時計をひっくり返す。

カウンターテーブルの上に、ソーサーに載せたカップを三つ並べる。すると話をしていた三人が、オリヴィアに視線を向けた。

じっと注がれる三つの視線を感じながら、オリヴィアは砂時計を見守る。砂が下に落ちきったところで、カップにお茶を注いでいった。

「お待たせしました。まずはブレンドティーでございます」

ティーカップを三人の前に置き、まだお茶が残っているティーポットには、冷めないようにティーコージーを被せた。

次に、スイーツ用のカトラリーを三つ用意する。

「こちらがパルゥシャのロールケーキです」

ルトヴィアスとアメリアが注文したロールケーキを二人の前に並べると、アメリアから「わぁ！」と華やいだ声が上がった。

「こちらがパルゥシャのプリンです。生クリームとパルゥシャのソースをお好みでかけてお召し上がりくださいね」

続いてハウルが注文したプリンを置く。横に添えられた二つの陶器を指さしながら説明すると、ルトヴィアスとアメリアが身を乗り出して見つめる。

「名前はプリンだけど、普通のプリンとはちょっと違うんですね！」

目をキラキラとさせるハウルに、オリヴィアは笑みを深めた。

「そうなの。生クリームとパルゥシャのソースで味を変えられるから、いろいろ試しながら食べてちょうだい。それができるのは店内で召し上がるお客様だけだから、ちょっとお得かもしれないわ」

「え、そうなんですか⁉　買って帰ろうと思ってたのに……」

オリヴィアの説明に、ルトヴィアスはがっかりして肩を落とす。どうやら彼がロールケーキを選んだのは、プリンの方をテイクアウトするつもりだったからのようだ。

「ごめんなさいね。持ち帰り用は生クリームとソースがもうかかっちゃってるのよ……。でも、味はどちらも保証するわ」

「もう、ルトったらわがまま言わない！　また今度来た時に食べたらいいでしょ」

アメリアの言葉に、ルトヴィアスはうっと詰まる。

「そうだよ。僕のを一口あげるからさ」

ハウルからも諭《さと》され、ルトヴィアスは観念したように、ふぅと息を吐き出した。

「……すみません、オリヴィアさん。テイクアウト用に、パルゥシャのプリンを三つお願いしてもいいですか？」

オリヴィアを困らせてしまったと反省したのか、ルトヴィアスが弱った顔で窺《うかが》ってくる。それを見たオリヴィアは、くすりと笑った。

「ええ、かしこまりました。なくならないように確保しておくわね」

「ありがとうございます！」

「では、三人ともごゆっくり」

テイクアウト用のプリンがなくならないようにキープしておくため、オリヴィアは三人のもとを離れる。

さっそく「「「いただきます！」」」という元気な声が聞こえてきて、微笑ましく思うのだった。


「ん～!! おいしい!! 甘ーい!!」

ロールケーキを一口食べたアメリアが、うっとりした表情で言う。他のケーキよりも生クリームは甘さ控えめだが、それがパルゥシャのみずみずしい甘さを引き立てている。

「パルゥシャって、こんなにおいしかったのか……」

驚いたように呟《つぶや》くルトヴィアスに、ハウルが首を傾げた。

「ルトはパルゥシャを食べたことがあるの？」

「ああ、なんか母親が誰かのお土産《みやげ》だとかで、もらってきたことがあってさ。その時食べたパルゥシャは硬くて酸《す》っぱかった記憶がある」

「種類が違うのかな？」

「それか、熟してなかったとか？」

アメリアとハウルが理由を推測する。

「うーん、どうだろう？　俺もまだ小さかったし、よく覚えてないんだ。うちの料理人も初めて見る果物だから、扱いがよくわからなかったみたいだな」

当のルトヴィアスにも、なぜかはわからないらしい。小さかったのなら、あまり覚えてなくても仕方ない。

「そっか～」

アメリアはそう言って、ロールケーキをもう一口頬張《ほおば》る。

ルトヴィアスが昔食べたというパルゥシャと違い、ロールケーキに使われているパルゥシャは柔らかく、酸味もほとんど感じない。

パルゥシャそのものもおいしいが、生クリームやスポンジケーキと合わさると、一層おいしく感じる。

「やっぱり組み合わせって大事だよな」

ルトヴィアスがしみじみと呟《つぶや》く。アメリアには何のことかわからずきょとんとすると、彼は「いや、課題のことだけどさ……」と付け加えた。

「あー……そういえば、そのヒントを探しに来たんだっけ」

現実を思い出し、遠い目をするハウル。アメリアも楽しい気分から一気に現実に引き戻された気がした。

そんなアメリアとハウルの反応に苦笑しながら、ルトヴィアスは話を続ける。

「真面目な話、組み合わせの妙《みょう》ってあると思うんだよ。例えば、このロールケーキも基本のロールケーキとパルゥシャを組み合わせただけで、こんなにおいしいってことだろう？」

「まあ、そうだね」

アメリアはルトヴィアスのロールケーキに視線を向ける。

クリームの甘さやデコレーションの仕方は違うが、ロールケーキ自体はメイチや他のフルーツが入ったものが、たびたび販売されていた。

「課題も醤油か味噌を使って一から料理を作るんじゃなく、既存の料理と組み合わせるって考えたら、何かヒントになるんじゃ……」

「確かに、その手はありかも」

ハウルがなるほどと頷《うなず》く。そしてさらに続けた。

「リサ先生の作る料理って、食材同士の意外な組み合わせがあるよね。醤油味の肉じゃがに、お砂糖を入れるとか」

「最初に授業で習った時はびっくりしたよね～！　え!?　これにお砂糖入れる

の!? って」

ハウルに続き、アメリアも思い出す。肉じゃがの作り方を授業で習った時は、まさかと思ったけれど、食べてみればカフェで何度か食べた肉じゃがの味だった。

――醤油と砂糖かぁ……あ!

アメリアの頭の中に、不意にアイデアが浮かんできた。

「ふっふっふっ！　私、思いついちゃったかも！」

にんまりと笑いながら言うと、他の二人が「え!?」と驚いたように視線を向けてくる。

「マジかよ！」

「どんなアイデア？」

ハウルの言葉にアメリアは笑みを深くした。

「それは秘密ー！　相談するのはいいって言われたけど、同じレシピはダメでしょ？

だから今は内緒。二人も作るものが決まったら教えるよ」

「もったいぶるなよ！　……でもまあ、今聞いたらアメリアのアイデアに影響されそう
だな」

ルトヴィアスは一瞬ムッとしたが、その後で考えが変わったようだ。

「そうだね。僕らも頑張らないと」

ちょっと残念そうではあるが、ハウルもルトヴィアスの言葉に納得したように言った。

「二人もいいのを思いつくように手伝うからさ、頑張ろう!」

「おう!」

「うん!」

ルトヴィアスとハウルから威勢のいい返事をもらいつつ、アメリアの頭の中は先程思いついたアイデアでいっぱいになっている。

早くそれを形にしたくて、わくわくと胸が躍《おど》った。

第九章　手紙が届きました。

「リサさん、お手紙が来ましたよ~」

そう言ってデリアが厨房《ちゅうぼう》にやってきた。リサはケーキのデコレーションの手を止めて、顔を上げる。

「誰から?」

「えっと……あら? 差出人が書いてないわね」

デリアは不思議そうな顔をしながら、手紙の裏面を見せてきた。

そこに差出人らしき署名はない。しかし、封蝋《ふうろう》に押された紋章に見覚えがあった。

「もしかして……」

リサは手を洗うと、デリアから手紙を受け取る。ペーパーナイフで封を開けて、中の手紙を広げた。

「やっぱり！」

「知ってる方からなの？」

デリアは少し不審に思ったのか、心配そうな顔で聞いてくる。それに小さく笑って、リサは手紙の最後にある署名を彼女に見せた。

「スーザノウルのマスグレイブ公爵だよ」

「まあ！」

「カフェでスーザノウルフェアをやってることを聞きつけたのかな？　あとで読んでみるよ。届けてくれてありがとうね」

「どういたしまして」

リサはひとまず手紙を厨房《ちゅうぼう》の隅にある事務仕事用の机に置く。そして、デコレーションを完成させるべく作業を再開した。

あの後、カフェ・おむすびは閉店まで忙しかった。おそらく明日が休息日だからだろう。フェリフォミアでは週に一度決められた休日があり、それが休息日だ。

その日は基本的に仕事も学校もお休み。一部の例外を除き、お店や役所もお休みなのだ。

もちろんカフェ・おむすびもお休みとなる。

そのせいか、休息日の前日はテイクアウトでケーキやパン、焼き菓子を買っていく人が増えるので、今日も急遽《きゅうきょ》補充分を作らなければならなかった。

故《ゆえ》に、マスグレイブ公爵からの手紙を読む暇もなく、そのまま自宅に持ち帰ってきたのだ。

寝る支度を整えたところで、リサは自室の机に向かい、改めて手紙を広げる。

「えっと……」

挨拶《あいさつ》の言葉から始まった手紙には、やはりスーザノウルフェアの噂を聞いたと書かれていた。

加えて、スーザノウルの食材の宣伝になるのであれば喜んで協力したい、必要なものがあれば言ってくれとも記《しる》されている。

その提案はリサにとってもすごくありがたい。フェリフォミアと気候の違うスーザノウルでは、育つ動植物も違う。

元の世界の食材に似たものがこちらの世界には多くあるが、まだ出会えていないものもたくさんあった。

その一部がスーザノウルにある可能性は少なくない。

もしそうであれば、カフェ・おむすびや料理科はもちろん、この世界の食文化の発展にも役立つ。それに、何よりリサ自身が食べてみたい。

チョコレートの原料であるシュロームという植物の例もあるし、マスグレイブ公爵の提案をリサが断る理由はなかった。

さっそく返事を書こうと、机の引き出しから便箋《びんせん》を取り出す。

手紙の書き方には約束事がある。相手が貴族の場合は、特に厳しい。

このあたりは日本の手紙のマナーと通じるものがある。

養母アナスタシアの作ってくれた指南書を参考にしながら下書きを始める。その時、部屋のドアがノックされた。

「リサ、まだ寝ないのか？」

返事をすると、開いたドアからジークが顔を出した。どうやら寝室に来ないリサを心配して様子を見に来たらしい。

「ジーク、ごめん。手紙の返事を書いてたんだ」

「手紙？」

「マスグレイブ公爵から今日届いてさ。フェアの噂を聞いたらしいよ」

マスグレイブ公爵の名前を出した途端、ジークがムッとした顔をする。

以前、マスグレイブ公爵はリサに粉をかけてきたことがある。リサは困りこそすれ、真剣には受け取っていなかったが、その時すでに恋人だったジークからしたら面白くなかったようだ。

リサとジークの結婚式に、公爵がわざわざ祝いに来てくれたことで、そのわだかまりはなくなったはずだ。だが、何かと人の反応を見て楽しむところがある公爵の悪癖《あくへき》を思うと、今回の手紙も警戒してしまうのだろう。

顔を顰《しか》めて手紙を読み始めたジークに、リサは苦笑する。

「ああいう人だけど、いろいろと便宜《べんぎ》を図ってくれてるからね。この手紙にも、そう書いてあるし……」

「まあ、あの有能そうな側近が目を通してるだろうから、余計なことは書けないんじゃないか」

「あー、ニコラスさん、厳しそうだもんね」

ニコラスというのは、マスグレイブ公爵の側近だ。自由奔放な公爵の手綱《たづな》を取れる唯一の人物。公爵の自由すぎる行動に困ったリサとジークは、ニコラスの存在に何度感謝したことか……

この手紙からは、マスグレイブ公爵の自由な人柄はあまり感じられず、体裁《ていさい》を取り繕《つくろ》ったような形式張った内容だ。きっとニコラスの厳しい監視のもとで書かれたに違いない。

「で、なんて返事を書くんだ？」

「まずフェアが今のところ上手くいってることと、前から食材を融通《ゆうずう》してもらってることへのお礼でしょ。あとは何か世間話的なことを一つくらい書きたいけど……」

親しい関係ならばプライベートな出来事や近況を書くものだろうが、マスグレイブ公爵が相手となると微妙だ。できれば当たり障《さわ》りのない、時事的な事柄がいいと思ったのだが、思い浮かばずリサは唸《うな》る。

「コンテストのことでも書いたらどうだ？」

「あ、それいいね！」

リサとジークも企画の段階から関わっているし、今は一次審査の応募を受付中だ。耳の早いマスグレイブ公爵ならすでに知っているかもしれないが、もし知らないのであれば、リサの手紙を読んでスーザノウルの人たちに周知してくれるかもしれない。

「ありがと、ジーク！」

「ああ。明日は休みだけど、ほどほどに切り上げるんだぞ」

「うん。下書きだけして、清書は明日にするよ」

リサの返事に安堵したのか、ジークが部屋を出ていく。パタンとドアが閉まる音を聞きつつ、リサはペンを取った。

時折考えながら紙にペンを走らせる。そうして、夜は更《ふ》けていくのだった。

第十章　卒業式です。

花の季節が過ぎ、夏の暑さがじわじわ感じられるようになった今日。

フェリフォミア国立総合魔術学院には、多くの人が詰めかけていた。

初等科の校舎にほど近い建物にある大ホールには、いつもよりきっちりと制服を着込んだ生徒たちが集まっている。そして、そこには彼らの保護者たちの姿もあった。

今日は学院の卒業式。

秋から新年度が始まる学院では、夏休みの開始と同時に一年が終わる。故《ゆえ》に卒業式も夏休みを数日後に控えたこの時期に行《おこな》われるのだ。

リサは大ホールの控え室に、他の専門課程の講師たちと共に正装して座っていた。

「はぁ……料理科の一期生も卒業かぁ。あっという間だったなぁ」

料理科の一期生たちは全員が無事に卒業課題を提出し、今日卒業していく。

彼らが入学したのはついこの間のような気がして、リサは流れる月日の速さに驚いていた。それと同時に感慨深くもあって、思わずため息を吐く。

思えば、リサも教育に携《たずさ》わったのは料理科が初めてだ。カフェや王宮で料理の指導をしたことはあったが、それは大人の料理人に対してのもの。

子供たちに教育するという立場を通して、リサも生徒たちからいろんなことを教えられた気がしている。

「まあ、あいつらが本当に大変なのはこれからだけどな」

リサの隣に座るキースが呟《つぶや》く。クールな表情ながらも、隣のホールにいる生徒たちを思いやるような目をしていた。

元は王宮の副料理長。

今でこそ料理科があるが、キースが若い頃は料理学校などなく、一から現場で鍛えられた。きっと誰よりも料理の現場の厳しさを知っているはずだ。

卒業生たちはこれから実践の場に出るわけだが、まずは学校で学んだこととのギャップに悩まされることだろう。

授業でもなるべく実践に近いことはさせてきたが、それも限界がある。現場の空気感や仕事としての厳しさは、なかなか伝えづらい。

人間関係の違いもある。学院では生徒同士は横並びだし、講師はあくまでも先生だ。でも、現場では上司や先輩がいて、みんなプロとして働いている。料理科の授業のように丁寧に教えてくれる人はいない。料理の基礎は身についているが、それでも足りない部分はまだまだある。

また、料理科出身ということで注目もされるだろう。何しろ料理科の卒業生が就職するのは初めてのことだ。

リサやキースをはじめとした講師陣が三年間みっちりと教えてきたが、それが職場でギクシャクする原因になったり、やっかみを受けたりする可能性もある。

先程のキースの言葉はそういったことも危惧《きぐ》しての発言なのだと思う。

けれど、リサもキースもできるのはここまで。

卒業後は生徒たち自身で道を切り開いていかなければならない。

今は激励《げきれい》の気持ちで彼らを送り出そう。リサは心配する気持ちをぐっと堪《こら》えて、表情を引き締めた。

「悪い。遅くなった」

そう言って控え室に入ってきたジークが、リサの隣の席に座る。

リサと共に会場に来ていたものの、入り口で騎士科の講師に捕まっていたのだ。どうやらジークが学生時代にお世話になった講師らしい。

同じ敷地内にあっても、なかなか接点のない騎士科と料理科。

騎士として卒業していったジークが、料理科の講師として学院に戻ってきた。互いに積もる話があるようだったので、リサは気を利かせて先に控え室にやってきたのだった。

「髪、ぼさぼさになってるよ」

かつての恩師に手荒な歓迎をされたのだろう。会場に来た時にはきちんと整っていた髪が乱れている。リサは手ぐしでそれを直してあげた。

「いやぁ、やっぱり騎士だっただけあって、正装が様《さま》になってんな」

遅れてきたジークの姿を見て、キースがしみじみと呟《つぶや》く。

今日の卒業式では、大人は正装でなければならない。

具体的には男性はマントを、女性は花飾りか小さな帽子を頭につける。

リサたちもいつものコック服ではなく、きちんと正装していた。

ジークは紫に近い青の燕尾服《えんびふく》に同色のマント。キースはチャコールグレーの燕尾服《えんびふく》に黒のマントを羽織《はお》っている。

リサは水色の生地にジークの服の生地が差し色として使われたドレス。シンプルなオフショルダーのデザインで、その上にレースのショールを羽織《はお》っていた。

髪はきっちり編み込んで、小さい花が添えられたカクテルハットをつけている。これもジークの服と同じ生地でできていた。

「キースくんもすごく似合ってると思うけど。身長が高いから見栄《みば》えがするし、いつもと雰囲気が違って素敵だよ」

「え、マジで？　やったね～」

軽い口調で喜ぶキースに、リサは「口さえ開かなければ……」という言葉を呑み込む。

「講師の皆さん、そろそろ会場へどうぞ」

司会進行を担当する職員が控え室の入り口から声をかけてきた。

いよいよ卒業式が始まる。

学院は王都にある国立の学校で、卒業式の規模も国内随一だ。

生徒とその保護者だけでなく、王宮の関係者や国外からの来賓《らいひん》も出席する。

しかし、リサの知っている卒業式とは少し違っていた。

主役はあくまで卒業生。

長ったらしい祝辞《しゅくじ》もなければ、眠気を誘う静けさもない。

どこかお祭りのような、賑《にぎ》やかで明るい雰囲気の式だった。

卒業の証《あかし》となるマントとカクテルハットを生徒たちに着せながら、リサは一人一人に声をかける。

晴れやかな顔をした生徒たちを見ると、それぞれとの三年間の思い出が脳裏に浮かんできた。

リサの言葉に生徒たちも「リサ先生ありがとう」「卒業しても頑張ります」「カフェに遊びに行きますね」などの言葉を返してくれる。

二十人という他の学科に比べて少ない人数なので、あっという間に終わったが、それでも心に染みる時間だった。

それが終わると、各学科の首席卒業生が壇上で挨拶《あいさつ》をする。

料理科の代表はハウルだった。

少し緊張した面持《おもも》ちながらも、しっかりした足取りで壇に上がるハウル。

料理科にやってきた時よりも背が伸び、すっかり大人っぽくなったハウルの姿に、リサは思わず泣きそうになるのをぐっと堪《こら》えた。

拡声の魔術具の前に立つとハウルは口を開く。

「料理科のハウル・シュストです。三年前、僕たちは料理科に一期生として入学しました」

そんな出だしからハウルの挨拶《あいさつ》は始まった。

「僕が料理科に入ったのは、幼い頃から憧れていたキース先生が講師を務めると聞いたからです。先生の存在があったからこそ、僕は料理の道を志《こころざ》そうと決めました。創設したばかりだからとか、一期生だからという理由で不安になるようなことはありませんでした。きっと他のクラスメイトたちも同じ気持ちだったことでしょう」

リサは隣に座るキースをちらりと見る。硬い表情をしているが、どうやら泣くのを我慢しているようで、目が潤《うる》んでいるのに気付いた。

いつも飄々《ひょうひょう》としているキースの珍しい様子にリサは少し驚く。けれど、キースと同じ孤児院出身で料理科が始まる以前から親交のあるハウルがこうして卒業していく姿は、リサたちよりもずっと心に響くのだろう。

「これから料理のプロとしてそれぞれの道に分かれる僕たちは、これまで以上に学んでいく必要があります。いつかリサ先生がおっしゃっていました。『料理の道に終わりはない』と。だって、『おいしい』ものは尽きません。僕たちはたくさんの『おいしい』をいただきました。今度は僕たちが他の誰かに『おいしい』をあげる番です。食べた人を笑顔にする料理を僕たちは作っていきます」

ハウルはそう言って、誇らしげに笑みを浮かべる。

リサは真っ先に大きな拍手を送った。

第十一章　一次審査を行《おこな》います。

いつもは生徒たちの声や料理の音が賑《にぎ》やかに響く、料理科の調理室。それが今は人影もなく、しんと静まり返っていた。

数日前、料理科は二月《ふたつき》半の長い夏休みに入った。

それと同時に、料理科の一期生二十名が無事卒業していったのだ。

生徒はみんな可愛いが、やはり初めての生徒となると思い入れが大きい。日本の卒業式のように格式張った式ではなかったが、晴れやかな顔で卒業していく生徒たちを見ると、リサは胸にくるものがあった。

明るく笑って卒業していく生徒たちに水を差すのは悪いと思い、リサも笑顔で見送ったが、こうして調理室に立ってみると、彼らとの思い出が蘇《よみがえ》り、寂しさを感じてしまう。

三年前は新品だった調理台もずいぶん使い込まれ、ところどころに小さな傷がついていた。

それを指でなぞり、センチメンタルな気持ちに浸《ひた》る。

と、そんな時——

「リサさーん!! 準備はいいかしらー!!」

その声と共に、調理室のドアが勢いよく開いた。

驚くリサの視線の先にいたのは、紫と金の髪をした、やたらと化粧の濃い人物。

そう、アシュリー商会のキャロルだった。

「リサさん、食材ここに運んできていいわよね」

「は、はい! 大丈夫です」

「さあ、テキパキ運んで〜!」

リサが慌てて返事をすると、キャロルに続いてアシュリー商会の職員らしき人たちがやってくる。彼らは食材が詰まった箱を次々と運んできた。

がらんとしていた調理室は、あっという間に物が増え、人の出入りで賑《にぎ》やかになる。

ノスタルジックな雰囲気に浸《ひた》っていたリサは、その変化に唖然とした。だが、キャロルの運んできたパワフルな空気がおかしくて笑いがこみ上げてくる。

やがてすべての荷物を運び終えた職員たちが帰っていく。

調理室にはリサとキャロルの二人だけになった。

「では、やりましょうか」

「そうですね！　時間も限られてますし」

キャロルの言葉にリサは大きく頷《うなず》いた。

今日はここで料理コンテストの一次審査をすることになっている。

一次審査は、レシピのみの書類審査だ。予想よりも多くの応募があり、アシュリー商会では嬉しい悲鳴を上げたらしい。

しかし、送られてきたレシピの中には、『これはどんな料理なんだ？』と首を傾げるほど説明が不足しているものや、手順や材料さえ書かれていないものもあったという。

そういったものは除外し、まともなレシピのみをこれから実際に調理してみて、二次審査へ進む参加者を選ぶのだ。

「私はこっちを作るので、キャロルさんはそっちをお願いしてもいいですか？」

「うん、これなら大丈夫！　了解よ」

調理が難しいものはリサが、比較的簡単なものはキャロルが担当する。キャロルもそこそこ料理ができるが、プロであるリサほどではない。

ここの調理場にはリサの方が慣れていることもあり、そういう振り分けになった。

まずは調理台の上にある材料の中から、レシピを見て必要なものを選ぶ。一次審査のレシピは醤油もしくは味噌を使った料理なので、二つのうちのどちらかは欠かせない。

他にも野菜、魚介、穀物、粉類など、あらゆる材料をアシュリー商会側で準備してくれていた。余ったらくれないかな、などと密かに考えながら、リサは材料を選んで作業に入る。

まず初めのレシピは、炊き込みご飯のようだ。

米を研ぎ、具材を切る。醤油をベースにした調味料を合わせ、すべての材料を鍋にセット。あとは火加減を調節しながら炊き上げる。

次は、ちょっと変わった味噌汁。その次は炒め物。

リサはレシピに沿って次々と料理を作り上げていった。

リサが十品、キャロルが五品を作り、出来上がった料理が調理台に並ぶ。

同じ醤油や味噌を使った料理とはいえ、これだけ並ぶと壮観である。

「では食べてみましょうか」

キャロルの言葉にリサは頷《うなず》く。これから試食して、二次審査に進む参加者を決定するのだ。

味を軽く調《ととの》えはしたものの、基本的にレシピ通りに作ってある。レシピにない調味料は一切使っていない。

それらを一品ずつ取り分けて食べていく。

「まずは炊き込みご飯ね。レシピとしては普通だけど、味はどうかしら……」

キャロルが一口食べるのに続き、リサも頬張《ほおば》る。

根菜とお肉を使った醤油味の炊き込みご飯。味はおいしい。だが、ごく一般的な炊き込みご飯で、これといった新しい要素がないのが残念だ。

リサとキャロルは取り分けた分を食べ終えると、ボードに挟んだチェックシートに評価を書き込んでいく。

結果は最後に見せ合うことになっていた。

次はスープ、次は炒め物と続いた後、異色のメニューが出てきた。

「これは……シチューよね？」

とろみがついた乳白色のスープにゴロゴロとした具材が見え隠れするそれは、確かにシチューだ。リサが作ったものなので、どんな料理かもすでに知っている。

「シチューですけど、味噌を使ってますよ」

「え、シチューに味噌!?　それは興味あるわ～！」

変わった組み合わせを聞いたキャロルが期待に目を輝かせる。

鍋から器《うつわ》に取り分け、いそいそと食べ始めた。

「ん？　予想と違ってあまり味噌の風味は感じないわね。でもミルクだけのシチューよりコクがあっておいしいわ！　この組み合わせは正解ね！」

キャロルに続いてリサも食べてみる。

普通のシチューもおいしいが、ミルクベースだと、どうしても味がシンプルになりがちだ。しかし、味噌を入れると味に奥行きが出て、塩気もちょうどいい。

リサとキャロルはチェックシートに評価を書き込む。お互いが記入した評価がどんなものか、言わずともわかった。

その後も審査は順調に進み、残り二品となった。

「これは斬新ね～！」

お皿に載った料理を見て、キャロルが面白そうに笑う。

それはドーナツだった。しかし、普通のドーナツとは明らかに違う。浮き輪のような丸い形のドーナツに、つやのある琥珀色《こはくいろ》のソースがかかっていた。さらに、海苔《のり》が添えてある。

「みたらし海苔《のり》ドーナツ、だそうですよ」

そのレシピは料理科の卒業課題としても提出された。リサは生徒の成長を改めて感じて嬉しくなる。

「この海苔《のり》で挟んで食べるんです」

「海苔《のり》！　これはリサちゃんと一緒に開発した食材よね‼　ドーナツを海苔《のり》で挟むなんて想像もしてなかったわ！」

キャロルはウキウキしながらドーナツに手を伸ばす。添えてある海苔《のり》に挟むと、豪快に齧《かじ》りついた。

「ふわ〜！　これは合う‼　甘塩《あまじょ》っぱいのが癖《くせ》になるわ！　海苔《のり》のパリパリ感と、ドーナツのもっちり感。あと、このタレがドーナツと海苔《のり》を絶妙にマッチさせてるわ‼」

興奮したように言って、すぐに二口目を食べる。

その様子にクスクスと笑いながら、リサも自分の分を頬張《ほおば》った。

キャロルの言った通り、海苔《のり》の風味とみたらしダレがドーナツによく合う。いそべ餅とみたらし団子を組み合わせたような味だ。

ドーナツも普通のドーナツより甘さ控えめで、さらに豆乳を使っている。

小麦粉だけでなく米粉も混ぜてあるため、食感がもっちりとしていて、それもみたらしダレと合う要因の一つだろう。

卒業課題として出された時にも感心したが、こうして実際に作ってみると、さらに感心してしまう。アイデア自体もいいし、実際に作っておいしいところも素晴らしい。

気付けば、キャロルはペロリと完食していた。

リサも最後の一口を放り込む。もぐもぐと口を動かしながら、チェックシートに評価を書き込んだ。

ここまで計十五品の試食が終わった。しかし、実はもう一つだけレシピが残っている。

その料理は仕込みに時間がかかるため、キャロルが前もって作り、持参してくれていた。

「上手くできてるかしら？」

そう言って、キャロルは三つのガラス瓶を取り出した。中には醤油らしき濃い茶色の液体が入っている。リサはその一つを持ち上げて中を覗《のぞ》いてみた。

よく見ると醤油と一緒に何かが入っており、丸い形がうっすらとわかる。

蓋《ふた》を外し、香りを嗅《か》いでみた。

「うん、スィズの香りが爽《さわ》やかでいいですね！」

スィズとは梅に似た果実だ。カフェ・おむすびではシロップを作ったり、梅干しにしておむすびの具にしたりしている。

そのスィズが醤油の中に漬けてあった。

他の二つの瓶にもそれぞれ食材が漬けてある。

一つはバイレ。昆布に似た海藻だ。残る一つには、リッケロというニンニクに似た野菜が入っていた。蓋《ふた》を開ければ、バイレとリッケロの香りがうっすらと漂ってくる。

これらは中の食材を食べるものではない。食材の風味がついた醤油そのものが応募作品なのだ。

「これだけじゃ味を判断しづらいので、卵焼きでも作って、かけて食べてみましょうか」

ただ舐めてみてもいいが、それだけではもったいない。調味料としての真価を発揮させるには、何かシンプルな料理にかけてみるのがいいだろう。

「そうね。お願いできるかしら」

「はい。確か卵は残ってましたし、すぐに作ります」

リサは審査を中断し、卵焼きを作るために席を立つ。

ボウルに卵を割り入れて、白身が目立たなくなるまでしっかりと混ぜる。今回は醤油の味を見るため、卵自体には味付けしない。

卵焼き用の四角いフライパンに油を引き、卵液の三分の二を一気に入れて、かき混ぜる。半熟になったら箸《はし》で手前側に寄せてから、奥にスライドさせ、一度ひっくり返す。

そうしたら手前の空いたところに、卵液を薄く流し込む。うっすら火が通ったところで、奥の卵焼きを手前側に巻いてくる。

あまり火が通りすぎると焦げてしまうので、火加減を気にしながら、手早くやるのがコツだ。

卵液がなくなるまで、フライパンに流しては巻き、流しては巻き、という作業を繰り返す。しっかりと最後まで巻き終えてから、リサはコンロの火を止めた。

まな板を準備すると、フライパンをひっくり返す。出来立てで柔らかい卵焼きを手で軽く押さえながら、食べやすいように包丁で切っていく。

断面を見てみれば、綺麗な黄色で気泡もあまりなく、いい出来映えだった。

お皿に盛り付けると、キャロルのところに運ぶ。

「お待たせしました！」

「まあ、おいしそう！」

コンテストの審査用だというのに、見事な出来映えの卵焼きに、キャロルは嬉しそうな顔をした。

「ふふ、普段より上手くできちゃいました」

カフェや料理科で作るよりも不思議と上手くできてしまい、リサもクスクスと笑う。

「それを食べられるなんて光栄だわ！　遠慮なく食べちゃう！」

キャロルは瓶の中の醤油をスプーンで掬《すく》う。三種類をそれぞれ二皿ずつ取り分け、わかりやすいよう前に瓶を置いた。

リサとキャロルは箸《はし》で卵焼きを一切れ摘《つ》まみ、まずはバイレの醤油をちょんとつける。

そして同時に頬張《ほおば》った。

「基本は醤油なんだけど、バイレの風味もちゃんとするわね！」

「醤油自体も角がとれてまろやかになってる感じがします」

シンプルな卵焼きだからこそ余計に味がわかる。醤油の中に、バイレの旨みが溶け出していた。

リサの元いた世界にあった、昆布醤油と同じだ。こちらでは生ものを食べる風習はないが、お刺身によく合いそうな味である。

キャロルは二切れ目の卵焼きに手を伸ばし、ハッとして言った。

「ああ、危ない。あんまりにもおいしいから、二個目も同じ醤油で食べるところだったわ。このままだと卵焼きがなくなっちゃうわね。次に行きましょう」

リサは小さく笑い、別の醤油に向き合う。

二つ目はニンニクに似たリッケロを漬けた醤油だ。

それを卵焼きにちょんとつける。口に含んだ瞬間、リッケロ独特の香りが広がった。

「これはご飯が進みそうな味だわ」

「そうですね。あとは炒め物とかに使っても合いそうです！」

チャーハンや野菜炒めなど、男性が好きそうなメニューにぴったりな味わいだ。

最後に残ったのは梅に似たスィズを漬けた醤油。

リッケロの強い風味をリセットするため、リサとキャロルは水を一口飲んでから、卵焼きに手を伸ばす。前の二つと同じように、醤油をつけて口に運んだ。

すると、甘酸っぱいスィズの香りがふわりと広がる。

「あら、さっぱりしていいわ！」

「スィズを漬けた醤油は私も初めてですけど、すごくいいですね！」

リサの頭の中に、一気に活用法が浮かんできた。

冷や奴《やっこ》にかけてもいいし、ドレッシングにしてもいい。そうめんのような冷たい麺類のつゆに使っても合うだろう。

また、漬けてあるスィズ自体も活用できそうだ。きゅうりに似たミズウリを冷やして切り、このスィズを刻んだものと和《あ》えたら、それだけで夏にぴったりの一品となる。人のアイデアなのでカフェで出すわけにはいかないが、家でも作ってみたいとリサは思った。

三つの異なる食材が漬かった醤油を試食し終え、リサとキャロルは一息ついた。

リサがチェックシートに最後の評価をつけていると、一足早く書き終えたらしいキャロルが呟《つぶや》く。

「最後のが一番シンプルだけど、一番印象的だったわね。うちから言わせてもらえば、商品化もしやすいし」

「食材を瓶に入れて醤油で漬け込むだけですからね」

その簡単さは、リサもすぐ真似しようと思ったほどだ。

「……っと。それより、二次審査に進む参加者を決めないといけないわね」

キャロルの言葉にリサも頷《うなず》く。まだ試食の余韻《よいん》に浸《ひた》っていたいところだが、審査の結果も出さないといけない。

二人は、お互いのチェックシートを見せ合った。

チェック項目は四つ。

一つ目は味。これは単純に、おいしければオッケーだ。

二つ目はテーマ食材の活用度。できればメインの食材や調味料として使っていることが望ましい。

三つ目は新しさ。これまでなかった味や使い方は評価が高い。

四つ目は作りやすさ。アシュリー商会主催のこのコンテストは、食材の宣伝も兼ねている。家庭で作りやすければ作りやすいほど、食材を買って作ってみようと思う人たちがいるはずだ。

その四つの項目を柱にして、審査をしていく。

だが、お互いのチェックシートを突き合わせてみると、意外にも評価はバラバラだった。

「あら、リサちゃんは厳しめね」

「自分では、そんなつもりはなかったんですけど……」

そう言うリサだが、味や食材の活用度についてはキャロルより厳しい評価となっていた。プロの料理人の目から見たので、自然とそうなってしまったのかもしれない。

一方、キャロルのチェックシートは新しさを重視していた。アシュリー商会の開発担当者として、普段から新商品の開発に邁進《まいしん》しているため、職業的な興味もあるのだろう。

全体の評価にバラつきはある。しかし、リサもキャロルも高い評価をつけたレシピは見事に同じだった。

「やっぱり、この三つですかね」

「そうね！　この三つの料理はとても印象的だったもの」

リサとキャロルが選んだレシピは、味噌入りシチュー、みたらし海苔《のり》ドーナツ。そして、三種の漬け醤油だ。

「なんと言っても、最後に試食した漬け醤油はいいわね。醤油そのものがメインだから、食材の活用法としてはダントツだし、作り方も簡単！　あと、ドーナツも良かったわ〜！　甘いお菓子と醤油の組み合わせが驚きだし、うちが商品として出してる海苔《のり》も使ってくれたところがプラスよね。シチューは食材としての活用度は低いけれど、味噌を入れるって発想に拍手を送りたいわ。使いやすい醤油のレシピが目立つ中で、味噌を活用してくれたって点もいいわね」

「私もだいたい同じ感想です。この三つのレシピが頭一つ抜けていましたよね」

ジャンルはバラバラだが、リサとキャロルが選んだ三つのレシピ。

二次審査に進むのは、これらを作った三人で決まりだ。

「えっと、作った人は、っと……」

キャロルが参加者の名前を見るべく、レシピの紙をめくっていく。

「まずドーナツは、アメリア・イディール。まあ、アメリアちゃんじゃない！」

「はい。料理科の生徒……いえ、もう卒業したので元生徒ですね」

「個人的には頑張ってほしいわ！　秋からはアシュリー商会の同僚になるわけだし！」

　先日料理科を卒業したアメリアは、アシュリー商会への就職が決まっている。しかも、所属はキャロルのいる開発部門。つまり彼女……いや、彼の部下になるわけだ。

　将来、お店を開くのが夢であるアメリアは、アシュリー商会で働くことによって、まずは経験と人脈を得ることから始めるらしい。

「私も自分の教え子を選ぶことができて、すごく嬉しいです」

「贔屓《ひいき》しないように気をつけないとね」

「そうですね」

　ふふふと笑い合って、次のレシピの作成者を見る。

「漬け醤油は、ランダル・ヒュアード。あら、スーザノウルの人なのね」

　その名前を聞いて、リサは「ん？」と首を傾げた。聞き覚えのある名前だ。

「スーザノウルのランダル……って、マスグレイブ公爵のところのランダルさん⁉」

「あら、リサちゃん。お知り合い？」

「はい。まさかランダルさんも参加していたなんて……」

ランダルはマスグレイブ公爵のお抱え料理人だ。

リサは以前、マスグレイブ公爵から頼まれて、ランダルに料理指導したこともある。

「あ、もしかしてあの手紙がきっかけで……？」

「何かあったの？」

「今カフェ・おむすびでスーザノウルの食材を使ったフェアをやってるんですけど、マスグレイブ公爵から『フェアの調子はどうか』っていう手紙が届いたんですよ。公爵は前から食材を融通《ゆうずう》してくださっているので、自国のフェアと聞いて気になったんでしょうね。そのお返事の手紙に、料理コンテストのことを書いたんです。もしかしたらそれを見てランダルさんに勧めてくださったのかもしれません」

マスグレイブ公爵のお抱え料理人であるランダルが、自《みずか》らコンテストに参加するとはちょっと考えにくい。きっと公爵が出たらどうかと提案したのだろうとリサは思った。

「まあ、そうだったの！　じゃあ、こっちの子も知り合い？」

「え？」

キャロルが見せてくれたレシピの紙。それは味噌入りシチューのものだった。

「こっちはニーゲンシュトックからの参加者らしいわ。名前は……エルミーナ・アーレンスだって」

「うーん、そちらは聞き覚えがないですね」

ニーゲンシュトックはフェリフォミアの北側に位置する隣国だ。確かにリサは、ニーゲンシュトックにも多少伝手《つて》がある。けれど、エルミーナ・アーレンスという人には会ったことがないはずだ。

「じゃあ、純粋にどこかでコンテストの噂を聞いて参加してくれたのね！　フェリフォミア国内はともかく、国外はコンテストの告知が弱かったかなと思ってたんだけど、こうして参加してくれる人がいて良かったわ〜！」

「ということは、次の審査に進む三人は、全員国が違うんですね」

「あら、そうね。スーザノウル、ニーゲンシュトック、フェリフォミア。これは盛り上がりそうなメンバーね!!」

意図したわけではなかったが、国際色豊かなメンバーだ。

そう思うと、リサも次の審査が楽しみになってきた。

国によって気候や植生が違うことから、食文化も違う。きっと二次審査の料理にもバリエーションが出るはずだ。

「それで、次の審査のお題は何にするんですか？」

リサはキャロルに尋ねる。二次審査のお題もアシュリー商会が決めることになっていた。

「次はね、米と麺にしようと思って！」

「今度もどちらか好きな方を選んで使うんですか？」

「いいえ、次は両方使ってもらうの！　ただし、米も麺もどんな種類を選んでもいいことにするわ」

「それはいろんな料理が出てきそうですね！」

「でしょう？　でね、次の審査は中央広場で盛大に行《おこな》おうと思ってるの！　参加者に料理をその場で作ってもらうわ！」

「なるほど、実演形式ですか。それは盛り上がりそうですね」

「あとは審査員を決めなきゃね。二次審査はもっと人数が必要だわ。私とリサちゃんは決定でしょ。後はうちの代表と……」

「あ！　王宮の料理長はどうでしょう？　お忙しいかもしれませんが、一日くらいなら協力してくれるかもしれません」

「それはいいわね！　あの人、威厳のある見た目だし、女性審査員と男性審査員の比率もちょうどよくなるわ」

「あはは……そうですね」

リサは苦笑した。キャロルがしれっと女性審査員枠に入っていることにはツッコまないでおく。

「でも、関係者だけが審査員っていうのは、公平性に欠ける感じがするわね」

「それなら、コンテストを見に来る一般の人たちにも審査に参加してもらったらいいんじゃないですか？」

「一般の人たちに？」

「例えば点数制にして、一般の人は一人一点、審査員は一人十点とかにすればいいと思うんです」

「それはいいアイデアだわ！　それなら見ている人も楽しめるし、お祭り感も演出できるわね。投票したい人にはあらかじめ投票用紙なり何なりを配布すれば集計しやすいし」

「作り方を見て、試食もできたら、今度は自分の家でも作ってみよう、って思うかもしれませんしね」

「うん、とってもいいわ!!　すぐ代表に相談して予算をもぎ取ってくるから！」

一大イベントになりそうな二次審査に向けて、キャロルがやる気をみなぎらせる。

「はい！　頑張ってください！」

リサもしっかり頷《うなず》いて、キャロルのやる気を鼓舞《こぶ》した。

「……ところで、この残った料理どうする？」

話がまとまったところで、キャロルが調理台に残った料理を見て呟《つぶや》く。

レシピの分量通りに作ったが、今日はあくまで試食のため、一口か二口ずつしか食べていない。計十六品の料理が、まだ大量に残っていた。

「私、できるだけ食べます。それでも余ったら家に持ち帰ってもいいですか？」

「それは全然構わないけど……リサちゃん、意外とよく食べるのね」

「うーん、普段はそんなに食べないんですけど、最近すごくお腹が減るんですよね〜」

男性のキャロルと同じ量を試食したのに、まだ空腹感がある自分のお腹を撫《な》でて首を傾げる。以前はこんなことなかったはずなのに、ここ数日は不思議なくらいお腹が減っていた。幸い、カフェでも料理科でも何かしらちょこちょこ摘《つ》まめるのでなんとかなっている。

「まあ、食欲がないよりは健康的でいいんじゃない？　油断したら太りそうだけど」

「あはは、そうならないように気をつけます」

キャロルが「私も少しだけ食べようかしら」と言って、気に入った料理に手を伸ばす。

リサはそんなキャロルを見ながら、少し冷めたシチューを頬張《ほおば》るのだった。

第十二章　結果が届きました。

「ちょー!!　ルルル、ルトー!!」

朝早く、アメリアはマティアス侯爵家の玄関ホールで声を張り上げた。高い天井に声が反響する。

ちょうど通りかかった顔なじみのメイドが驚きに目を瞬《また》かせた。

「ア、アメリアさん!?」

「ねえ、ルトがどこにいるか知らない!?」

「ええっと、ルトヴィアス様ならおそらく朝食を――」

「ありがとう!」

メイドが言い終える前にアメリアは駆け出す。向かう先は食堂だ。

その姿を見とがめて、老年の侍女が注意する。だがアメリアはそれどころではなかった。「ごめんなさいー!」と言いつつ、足を止めることはない。

食堂の扉を勢いよく開くと、オムレツを口に入れる手前で止めたルトヴィアスがいた。

「ちょっとルト!! 朝ご飯なんて食べてる場合じゃないよ!! コンテストの結果が来たの!! 一次審査通過だって!!」

アメリアは一通の手紙をずいとルトヴィアスに差し出す。いつの間にか握りしめていたらしく、少しくしゃっとなってしまったそれを手で伸ばして、見やすいように広げた。

「一次審査って……マジか！ え、二次審査に進むってことだよな!?」

ルトヴィアスは思わず椅子から立ち上がる。アメリアに確かめるように聞くと、彼女はうんうんと頷《うなず》いた。

「そう!! やったよ～!! まさか選ばれるとは思ってなかった!!」

「おめでとう、アメリア!!」

「うん!!」

アメリアは笑顔でルトヴィアスに抱きつく。

「お、おう」

ルトヴィアスはどうすればいいのかわからず、手をわたわたさせた。

そこでアメリアはハッと我に返る。テンションが上がった勢いで思わず抱きついてしまったのだ。

そろりと手を離し、ルトヴィアスから距離を取る。

小さい頃から共に育ち、何もかも知っていると思っていたが、久々に触れた幼なじみの体はがっしりとしていて、背もすっかり高くなっていた。

自分の体とは違う硬くて筋肉質な感触に、なぜか顔が熱くなる。

「や、あの、ね……とにかく結果を知らせたくて……」

「ああ、うん。おめでと……」

「ありがとう……次も頑張るね」

「おう……」

なんだか気まずい空気になってしまった。アメリアはちらりとルトヴィアスを窺《うかが》う。

すると、横を向いた彼の耳が赤かった。

——恥ずかしいのは私だけじゃなかったんだ。

そう思うと、ちょっぴり嬉しく感じる。

「じゃ、じゃあ、私はこれで！　朝ご飯の邪魔してごめんね！」

「いや、別にいいけど……二次審査の課題は大丈夫なのか？」

「あとで相談するかもしれないけど、まずは一人で頑張ってみるよ～！　それじゃ！」

「お、おい！」

引き留めようとするルトヴィアスを強引に振り切り、アメリアは食堂を後にする。

心臓がずっとドキドキしていて、今にも破裂しそうだった。

ルトヴィアスの前ではああ言ったものの、そう簡単に二次審査の課題がクリアできるわけはない。

「米と麺かぁ……」

そう、二次審査の課題は米と麺。今度はどちらか一方ではなく、両方を使って二つの料理を作らなければならないのだ。

「しかも実演形式だなんて……レシピだけじゃなく、作る練習も必要ってことかぁ」

次の審査は中央広場で実際に料理を作るらしい。それを審査員と一般の人たちに食べてもらって、順位を決めるようだ。

「本当に大丈夫かなぁ……というか、一次審査のドーナツ以上のアイデアが浮かぶ気がしない……」

アメリアはがっくりと肩を落とす。

「家にいても浮かばないし……カフェ・おむすびにでも行ってみよう」

ドーナツのアイデアはカフェ・おむすびで浮かんだのだ。行ってみたら、また何か思いつくかもしれない。

そう思うと、ひとまず外に出てみようという気になる。お昼を過ぎ、カフェの混雑もピークを過ぎた頃を見計らって、アメリアは自室から飛び出した。

「いらっしゃいませ～……って、アメリアじゃない！　あれ、今日は一人なの？」

「リサ先生！　こんにちは」

入り口近くのレジにいたリサがアメリアを迎えてくれる。いつもならルトヴィアスやハウルと来るので、一人で来たアメリアを珍しく思ったらしい。

「今日は一人です。今朝からコンテストの二次審査の料理を考えてて……」

「そうだ！　通過おめでとう!!　一次審査のドーナツ、すごく良かったよ！」

「ありがとうございます！」

「……っと、ここで立ち話もなんだから、好きな席に座って」

「はい」

リサに促《うなが》され、アメリアは空いていたカウンター席に座る。

メニューを手渡したリサが、口元を手で隠して耳打ちした。

「今日は好きなものおごってあげる。……他の二人には内緒ね」

「本当ですか!?　やった～！」

嬉しくて、アメリアは思わず声を上げる。

「しー！」

リサに窘《たしな》められ、ハッと口を押さえた。

「ご、ごめんなさい……」

「ふふ、おいしいもの食べて、二次審査の課題も頑張ってね」

「はい！」

リサに元気づけられ、アメリアは笑顔になる。審査員の一人であるリサから、アドバイスをもらうことはできない。だがリサの作った料理を食べて、そこから学ぶことはできる。

アメリアは心の中で「よしっ！」と気合いを入れると、メニューを開いた。

「じゃあ、パルゥシャのタルトとパルゥシャのショートケーキ。あとはパルゥシャのラッシーで!!」

少し前から、スーザノウルフェアのメニューが入れ替わった。スイーツはロールケーキとプリンから、タルトとショートケーキに替わっている。

「あ……さすがに多すぎますよね……？」

思わず頼んでしまったが、おごってもらうのに三つは図々しかっただろうかと、アメリアはリサの顔を窺《うかが》った。すると、リサはくすりと微笑む。

「いいよ、いっぱい食べてって！」

パルゥシャづくしの注文を伝票に書くと、「少々お待ちください」と言って用意を始めた。

外に面したショーケースから、パルゥシャのタルトとショートケーキをそれぞれお皿に取り出す。

タルトには粉糖《ふんとう》を振りかけ、生クリームを少し添えた。

ショートケーキのお皿には、パルゥシャのソースで模様を描いていく。綺麗な黄色いお花があっという間に描かれた。

最後に、氷を入れたグラスにパルゥシャのラッシーを注ぐ。ラッシーはいわゆるヨーグルトドリンクだ。

これで、アメリアの注文した品がすべて揃った。

流れるような無駄のない動作に、アメリアは感心してしまう。

「お待たせしました。パルゥシャのタルトとショートケーキ、それとラッシーです」

「はぁ……やっぱりすごいなぁ」

「うん？」

首を傾げるリサに、アメリアは直球で聞いてみる。

「あの……人前で料理を作るのって難しいですよね？」

「ああ、コンテストの二次審査のこと？」

アメリアの言葉で思い至ったのか、リサはテーブルにお皿を置きながら問いかけた。

「はい。当日は実演があるから練習しなきゃって思って」

「そうだね。難しいけど、練習すれば慣れるよ。あとは楽しんで作ったらいいと思うな」

「楽しんで？」

「だって苦しみながら作った料理って、あまりおいしくなさそうじゃない？」

「ふふ、確かにそうですね！」

リサの言い方が面白くてアメリアは小さく笑う。リサの言う通り、苦悶《くもん》の表情で作られた料理など誰も食べたくないだろう。

「そろそろ厨房《ちゅうぼう》に戻らなきゃ。ごゆっくり」

「はい！　ありがとうございます！」

もう少し話していたかったが、いつもは厨房《ちゅうぼう》にいることが多いリサが、わざわざ給仕までしてくれたのだ。これ以上わがままは言えない。

それより、リサがせっかくおごってくれたケーキだ。ありがたくいただくとしよう。

アメリアは手に持ったフォークをタルトに差し込む。パルゥシャの果肉は柔らかく、下のタルト生地にはさっくりとした手応えを感じる。

あむっと口に含むと、パルゥシャの香りと甘さに加え、ナッツの風味が広がった。噛めばサクサクとしたタルト生地の食感も楽しく、一口で幸せな気分になる。

おいしいケーキを堪能《たんのう》していると、入り口のドアベルが鳴った。

新しいお客さんが来たようだ。

「いらっしゃいませ」というオリヴィアの声の後、「こちらがカフェ・おむすびでよろしいのかしら？」という若い女性の声が聞こえてくる。

初めてのお客さんかなと、アメリアはなんとなく視線を向けた。

そこにいたのはアメリアと同い年くらいの少女。白銀色の長い髪がさらりと揺れる、印象的な美人だ。

「ええ、そうですよ」

にっこりと微笑むオリヴィアに、少女は顔を赤らめた。

「あ、あああの！　もしかしてリサ・クロードさん……ですか？」

「違いますが……リサさんに何かご用でしょうか？」

オリヴィアはにこやかに答える。すると、少女は白い肌をさらに赤くして、恥ずかしそうに慌てた。

「い、いえ、大丈夫です！　すみません！」

「あら、そうですか？　では、お席にご案内しますね」

赤くなった頬を手で押さえ、少女はオリヴィアの後をついてくる。そして、アメリアの二つ隣のカウンター席に座った。

オリヴィアがメニューの説明をするのを、少女は目を輝かせて聞いている。

よほどカフェ・おむすびに来たかったんだろうなぁ、とアメリアはケーキを頬張《ほおば》りながら思った。

「うわぁ、何にしようかしら……！」

魅力的なメニューばかりで、何を注文するか迷っているのだろう。楽しそうに呟《つぶや》く声がする。

——わかる、わかるよ、その気持ち‼

アメリアも初めてカフェ・おむすびに来た時は、同じような気持ちだった。

見たことのないキラキラした美しいケーキ。どんな味がするのか想像できず、わくわくしたのを覚えている。

「では、このパンケーキをお願いします！」

悩んだ末、少女はパンケーキを頼むことにしたらしい。

「期間限定でパルゥシャのソースをおつけできますが、いかがしますか？」

「それもお願いします！　セットで花茶も！」

「かしこまりました」

そう言って微笑むと、オリヴィアはカウンター奥の厨房《ちゅうぼう》に消えていく。

少し緊張していたのか、少女はオリヴィアがいなくなったとたん、ふぅと息を吐いた。

そして、出されたお冷《ひや》を一口飲む。

気持ちが落ち着いたところで、彼女はゆっくりと店内を見回した。

アメリアはハッとして視線を逸《そ》らす。ラッシーのグラスを持ち上げて、飲んでいるふりをした。じろじろ見ていては不審に思われてしまう。

だが、食べかけだったパルゥシャタルトをつつきながらも、気になって耳だけは彼女の方に向けていた。

そして——

「お待たせしました。パンケーキです」

注文の品を持ってきたのは、オリヴィアではなくリサだった。

「も、ももも、もしかして!!　リサ・クロードさんですか!?」

少女は目を見開いて、勢いよく立ち上がる。

「はい、店長のリサ・クロードです。私に何かご用でしょうか？」

「リサ様‼」

「様⁉　えっと……」

様を付けて呼ばれたことにリサは戸惑っている。

それに構わず、白銀色の髪の少女はキラキラと目を輝かせて言った。

「ずっとお会いしたかったんです！　あの、わたくし、エルミーナ・アーレンスと申します！　この度、アシュリー商会主催の料理コンテストで二次審査に進むことになりました！」

「ええっ⁉」

アメリアは思わず叫んで立ち上がる。無関心を装《よそお》っていたことなど、すっかり忘れていた。

第十三章　宣戦布告されました。

オリヴィアから少女のことを聞いたリサは、注文のパンケーキを持ってホールへやってきた。

伝票に記載された席はカウンター席の一つ。そこに雪のような白銀色の髪の少女が落ち着かない様子で座っていた。

「お待たせしました。パンケーキです」

リサが声をかけると、彼女はハッと顔を上げ、勢いよく立ち上がる。

「も、ももも、もしかして!! リサ・クロードさんですか!?」

どもりながら言う彼女に、リサは笑顔で答えた。

「はい、店長のリサ・クロードです。私に何かご用でしょうか？」

「リサ様!!」

「様!?　えっと……」

いきなり様を付けて呼ばれるとは思わなかった。しかも、ただの敬称とは違うように聞こえる。

　こんなことは初めてで、リサはぎょっとして身を引く。

　しかし、少女は熱のこもった眼差しで、ぐっと身を乗り出した。

「ずっとお会いしたかったんです！　あの、わたくし、エルミーナ・アーレンスと申します！　この度、アシュリー商会主催の料理コンテストで二次審査に進むことになりました！」

「ええっ⁉」

　彼女の言葉に反応したのは、リサではなかった。

　そちらを見ると、アメリアが驚いた表情で立っている。

「……なんですの？」

　急に声を上げたアメリアに、エルミーナは怪訝《けげん》な目を向けた。

「あ、あの……」

　アメリアはまずいと言わんばかりに、焦った顔をする。リサは見かねて口を開いた。

「彼女も、あなたと同じくコンテストの二次審査に進んだうちの一人なんですよ」

「まあ……」

　リサの言葉で、エルミーナのアメリアを見る目が変わる。驚きつつも感心したような目になった。

「ア、アメリア・イディールです！　学院の料理科を卒業しました！」

アメリアは慌てて自己紹介をする。

二人は歳も同じくらいに見えるし、ここで会ったのも何かの縁。仲良くなってくれたらなぁと、リサは思った。

けれど、エルミーナはリサの希望に反して、先程よりも険《けわ》しい顔をアメリアに向ける。

「わたくし、あなたには絶対負けません」

「……へ？」

急変したエルミーナの態度に、アメリアは間の抜けた声を出す。それがさらに気に障《さわ》ったのか、エルミーナは金色の瞳でキッとアメリアをにらみつけた。

「料理科でぬくぬくと過ごし、恐れ多くもリサ様の指導を受けていたあなたなんかに、負けてたまるもんですか!!」

「ええー……」

いきなり宣戦布告されたアメリアは困ったように呟《つぶや》く。

なんだかおかしなことになった、とリサは思った。

エルミーナの発言から察するに、どうやら彼女はリサのファンらしい。おそらく料理

科でリサから直々《じきじき》に料理を習っていたアメリアのことが気に入らないのだろう。

料理科の入学希望者は多く、毎年あぶれる者がいる。その中には他国からの留学希望者もいた。

もしかしたらエルミーナも、そのうちの一人だったのかもしれない。

だが一方的に敵視されて、アメリアは困惑しきりだ。アメリアにはどうしようもないことで敵愾心《てきがいしん》を持たれているのは、リサとしてもいたたまれない。

――と、その時……

「あ、いたいた！」

ドアベルの音と共に、一人の女性が入店してきた。よく見知ったその人に、リサは微笑んで声をかける。

「ヴィルナさん、いらっしゃい」

「リサさん、こんにちは。……ああ、やっぱりここにいたんだね、エルミーナ」

やってきたのは、紫色の長い髪をした女性。フェリフォミアの騎士団に所属しているヴィルナ・エイゼンシュテインだ。

彼女は入ってくるなり、カウンターにいるエルミーナに目を留めた。どうやら二人は知り合いらしい。

「あら、ヴィルナ姉様」

「姉様……？　ヴィルナさんって妹いたっけ？」

確か年上のきょうだいはいたはずだが、妹がいるとは聞いたことがない。

「エルミーナは私の妹じゃなくて、リクハルドの従妹《いとこ》なんだ」

ヴィルナの言葉でリサは合点《がてん》がいった。

「なるほど。確かに髪色がリクハルドさんと似てるね」

透き通った白銀色の髪は、ヴィルナの婚約者であるリクハルドのものとよく似ていた。リクハルドは雪のような髪と肌を持つ美男子で、彼ほど美しいという形容詞が似合う男性はなかなかいない。

その従妹《いとこ》であるエルミーナも美少女だった。

透明感のある白銀色の癖《くせ》のない髪。リサに向けられる目は金色で、光を帯びているように見える。ちょこんとした唇はピンク色。色白の頬は薔薇色《ばらいろ》に染まり、瞬《まばた》きするたびに長いまつげが揺れる。

リサに対しては好意的なエルミーナだが、アメリアには冷たい。おそるおそる様子を窺《うかが》っている彼女に、わざとらしくフンとそっぽを向いている。

それを見たヴィルナは「おや？」と片眉を上げた。しかし、二人の関係について聞く前に、エルミーナの行動を窘《たしな》めることにしたらしい。

「まったく……フェリフォミアに来て早々、一人でカフェに来るなんて……」

ヴィルナがため息交じりに言うと、エルミーナはしょんぼりと肩を落とした。

「ごめんなさい、ヴィルナ姉様。どうしてもすぐに来たくて……」

「ま、その気持ちもわかるけどね。ほら、パンケーキ食べるんでしょ？」

「うん！」

リサの前では大人びた態度をとっていたエルミーナだが、ヴィルナに促《うなが》されて子供のように頷《うなず》く。

ストンと席に座ると、カトラリーを手にパンケーキを食べ始めた。

「リサさん、私もお茶をもらっていいかな？」

「ええ、もちろん」

リサの返事を聞いたヴィルナは、エルミーナとアメリアの間の席に座る。

そして、ちらちらと気にしているアメリアに向かって肩を竦《すく》めてみせた。

「ごめんね。もしかして料理科出身ってことで、エルミーナから厳しく当たられたんじゃない？」

「いや、その……」

口ごもるアメリアに、ヴィルナは小声で言う。

「この子、リサさんのレシピの大ファンでね。料理科への入学も希望してたんだけど、家の事情で無理だった上に、こっそり出した入学審査にも落ちて……。つまり、ただの嫉妬《しっと》なの」

エルミーナはパンケーキに夢中で、ひそひそ話すヴィルナとアメリアには気付いていない。

すぐそばで聞いていたリサは、そういう理由だったのかと納得した。定員から漏れただけでなく、家庭の事情もあったらしい。

「私は騎士団の宿舎に住んでるから、エルミーナを泊めるわけにはいかないけど、彼女の親から面倒見てくれって頼まれてね。待ち合わせしてたんだけど、私と合流する前に、我慢できずにこっちに来ちゃったみたい」

騎士団に所属しているヴィルナは、女性団員専用の宿舎に住んでいる。規則で人を泊めることはできないので、エルミーナにはコンテストの二次審査までの間、宿に泊まってもらうらしい。

「といっても、私も今年の秋にはニーゲンシュトックに戻るんだけどね」

「え!?　騎士団を辞めちゃうってこと……？」

「うん。そもそも騎士団に入るのは期限付きだったし、私もこれ以上リクハルドを待たせるのはやめにしないとなって……」

「それって、結婚するってことだよね!?」

「まあ、簡単に言うと、そう、かな……」

恥ずかしさに頬を染め、視線を逸《そ》らしながらもヴィルナが肯定する。

それを聞いて、リサはぱあっと顔を明るくした。

「うわぁ、おめでとう、ヴィルナさん！」

「おめでとうございます！」

リサに続き、一緒に聞いていたアメリアもお祝いを口にする。

するとヴィルナは照れたようにはにかんだ。

リサとジークが新婚旅行でニーゲンシュトックに行った際、ヴィルナとリクハルドは口げんかが原因で、あわや婚約解消!? という事態に陥《おちい》った。だが、それを乗り越えたことで二人の絆《きずな》は一層強くなっている。

ヴィルナがフェリフォミアからいなくなるのは寂しいが、それ以上に彼女には幸せになってほしいとリサは思っていた。

しばらくすると、パンケーキをペロリと平らげたエルミーナを引っ張り、ヴィルナは帰っていく。エルミーナは名残惜《なごりお》しそうに「また来ますから、リサ様！」と言い残していった。

嵐のような彼女が去り、いつものカフェの空気に戻ると、アメリアははぁとため息を吐く。

「女の子の料理友達ができるかもって思ったけど、無理そうだなぁ……」

アメリアは残念そうに呟《つぶや》いた。明るくて誰にでもフレンドリーなアメリアが言うのだから、よっぽどだ。

リサは苦笑しながら彼女を励ます。

「友達は無理かもしれないけど、ライバルにならなれるんじゃない？　コンテストの二次審査で戦うわけだし」

「そうですね……。私も頑張らなきゃ」

浮かない顔をしつつも気持ちを切り換えようと、アメリアは自身を鼓舞《こぶ》する。二次審査までまだ日はあるが、課題のことを考えると、のんびりしてはいられない。

闘志を燃やしていたエルミーナと、気合いを入れ直すアメリア。リサは心の中で二人にエールを送った。

第十四章　食材の買い出しです。

アメリアとエルミーナの再会は、予想より早く訪れた。

「こんなものかな？」

アメリアは手に持った買い物バッグを覗《のぞ》き込み、買い忘れたものはないか確認する。

どうにか二次審査の課題も形になってきて、今日はこれから実演の練習も兼ねて、試作をする予定だ。

そのために、必要な材料の買い出しに来ていた。

すべて買い揃えたことを確認し、アメリアはアシュリー商会本社に併設された店舗を出る。

家までの道を歩いていると、道端で立ち止まっている女性を見つけた。

──あの紫色の髪って……。

「ヴィルナさん？」

アメリアは思わず声をかける。振り返ったのは、やはりヴィルナだった。

その陰に隠れて見えなかったが、エルミーナも一緒にいる。エルミーナはアメリアの顔を見るなりツンと視線を逸《そ》らした。

相変わらずの態度にアメリアは苦笑する。

「ああ、アメリアちゃん、いいところに！」

ヴィルナは声をかけてきたアメリアに、助かったと言わんばかりに喜ぶ。

「どうかしたんですか？」

「エルミーナが料理の練習をしたいって言うから、買い出しに付き合ってたんだけど、食材をどこで買えば良いかわからなくて……。私はほとんど料理をしないから……」

ヴィルナは恥ずかしそうに頬を指でかく。

「何を買いたいんですか？」

アメリアがヴィルナに聞くと、「ちょっと！」とエルミーナが叫んだ。

「ヴィルナ姉様、この子に教えてもらうなんて！」

「ええー？　でも私はわからないし……」

エルミーナはアメリアに聞くのは嫌らしい。しかし、この国で他に知り合いもあまりいないだろうし、食材を買えそうな場所を確実に知っているアメリアに聞くのが一番だ。

「ここにいたら、いつまで経っても食材は買えないよ？」

「他の人に聞くとか……」

「だったらアメリアちゃんに教えてもらった方が早いじゃん」

「でも……」

エルミーナの煮え切らない態度に、ヴィルナははぁとため息を吐く。

「コンテストで戦うアメリアちゃんに借りを作りたくないとか、くだらないことを考えてるんだと思うけど」

「く、くだらない!?」

「うん、本当にくだらないよ。勝ちたいならライバルでもなんでも利用するべきだよ。どうしても勝ちたいならね」

ヴィルナは諭《さと》すように言う。アメリアは「あー……騎士団っぽいなぁ」と内心で思った。熱血というか、体育会系っぽさを感じる。

綺麗な顔をしていて、今日のような私服の時は騎士団員に見えないヴィルナだが、やはり騎士団員なんだなぁと実感した。

ヴィルナの言葉に、エルミーナは悔しそうな顔をしつつも口を開く。

「わかりました。気は進みませんが、この子の力を借りますわ！」

「よし！　それじゃあアメリアちゃん、悪いけど案内してくれる？」

「あ、はい……」

ヴィルナに促《うなが》され、アメリアは歩き出す。

――あれ？　私、案内するなんて言ってない気がする……

その場の流れで自分が案内することになり、少し首を傾げながらも、アメリアは二人を連れて歩き出した。


「へぇ～、こんな場所があったんだ」

多くの人で賑《にぎ》わっている通りを見て、ヴィルナが驚いたように言う。

アメリアたちがやってきたのは、王都の中心部にあるマーケットだ。通りにせり出すようにたくさんの露店が並んでいる。

基本的にマーケットは朝しか開かれていないが、ヴィルナとエルミーナに会ったのが午前中の比較的早い時間だったため、まだ開いているようだ。

「アシュリー商会にもお店はあるんですけど、生の食材を買うならここがいいですよ。新鮮ですし、旬のものが安く買えますから」

「アシュリー商会はダメなの？」

「ダメではないですけど、少し割高なんです。でも輸入品や加工品はアシュリー商会の方が多く取り扱っているので、私の場合は食材によって使い分けてますね」

マーケットで取り扱っているのは地元でとれた食材が中心だ。定番の野菜や肉、魚などはこちらの方が新鮮で安い。

一方、アシュリー商会は、輸入品などの珍しい食材を扱っており、加工品の種類も多い。ただ、定番の食材は高品質ではあるものの、どうしても割高になってしまう。

「なるほどね〜」

ヴィルナはアメリアの説明に感心して頷《うなず》いた。

「ヴィルナ姉様……フェリフォミアに数年いるのに知らないんですのね……」

エルミーナに呆れた目を向けられ、ヴィルナはごまかすように「あはは……」と笑う。

「ここ、お昼には店じまいしちゃうので、買い物するなら早い方が……」

「い、言われなくても……！　ほら姉様、行きますわよ！」

アメリアに急《せ》かされ、エルミーナはヴィルナの腕をぐいっと引っ張る。

「ちょ、エルミーナ！」

戸惑うヴィルナをよそに、ぐいぐい進んでいくエルミーナ。その後ろをアメリアは黙ってついていった。

早朝の混雑時よりもマーケットは人がまばらになっていた。

おかげでゆっくりと見て回ることができる。

エルミーナは真剣な目で食材を吟味《ぎんみ》していた。どうやらニーゲンシュトックとは取り扱っているものが全然違うらしい。

アメリアにはなじみのある野菜でも、エルミーナは珍しそうに眺め、お店の人にいろいろ質問している。

せっかくだからと、アメリアもいくつか食材を購入して、マーケット巡りは終わった。

「ありがとうね、アメリアちゃん。ジュースでもおごるから座ってて」

「いえ、そんな……！」

付き合ってくれたアメリアをヴィルナが気遣う。遠慮するアメリアに「いいからいいから」と言って、軽食と飲み物を売っている店に行ってしまった。

残されたのはアメリアとエルミーナの二人。

緩衝材《かんしょうざい》になっていたヴィルナがいなくなり、なんとも気まずい空気が流れる。

とりあえず歩き疲れた足を休ませようと、アメリアは近くにあるベンチに座った。

「よかったら、座らない？」

自分だけ座るのも落ち着かないので、アメリアは立ったままでいるエルミーナに声をに、少し拍子抜けしてしまう。
文句の一つでも言われるかと思っていたが、黙ってアメリアの言葉に従うエルミーナ
――意外と素直なんだ……！
すると、彼女は無言のまま近づいてきて、一人分の距離を空けた場所に腰を下ろす。
かけた。

「わ、わたくしは借りを作ったとは思っていませんからね！」

そんなアメリアの内心を察したのか、エルミーナはすねたような顔で口を開いた。


「へ？」

「あなたが案内をしたいと言うので、それに便乗《びんじょう》したまでです！」

エルミーナの言葉の意味がわからず、アメリアは目をパチパチと瞬《またた》かせる。

――あれ？　私、案内したいなんて言ったっけ？

頭の中でハテナマークを浮かべていると、エルミーナが「ですが」と続けた。

「……り……――とう」

「え、なに？」

よく聞こえなくて、アメリアは聞き返す。

するとエルミーナは顔を上げてキッとにらむような視線を送ってきた。

「ありがとう、と言ったのです！」

やけくそ気味に発せられた言葉に、アメリアはぽかんとする。

エルミーナの顔は、真っ赤に染まっていた。

「一応のお礼です！　あなたのおかげで助からないこともないというか！　ただの義理というか！」

言い訳のように説明するエルミーナ。

そんな彼女にアメリアはくすりと笑ってしまう。

「な、何を笑っているんですの⁉」

「ふふ、どういたしまして、エルミーナ！」

「なっ！　呼び捨て⁉」

素直じゃないエルミーナを、アメリアはニコニコしながら見つめる。

一方的に突っかかってきた時は驚いたが、根はきっと良い子なんだろうなと思う。

エルミーナを呼び捨てしたことに抗議する姿も、必死に威《い》嚇《かく》する仔猫のように可愛くて、微笑ましい気持ちになる。

「だから、なんで笑ってるのですか⁉」とさらに怒るエルミーナに、笑ったまま「ごめんごめん」と謝るアメリア。

そんな二人の様子を、ヴィルナがジュースを手に微笑みながら見つめていた。

第十五章　暑さと共にやってきました。

夏も半《なか》ばにさしかかり、カフェ・おむすびのスーザノウルフェアは、二度目のメニュー入れ替えを行《おこな》った。

「今日からは、かき氷の販売ですね！」

「パルゥシャのかき氷って見た目もインパクトあるし、確実にこの夏の目玉になるわね！」

開店前のカフェで、ヘクターとデリアが楽しそうに言う。

そう、今日からかき氷の販売が始まる。時期的にはもう少し早めても良かったのだが、スーザノウルフェアのスイーツ入れ替えのタイミングに合わせることにしたのだ。

かき氷のシロップはパルゥシャ以外に、イチゴに似たメイチと、レモンに似たシークァのものも用意している。

また、パルゥシャに関してはかき氷だけでなく、口当たりの軽いムースも販売する予定だ。

「それじゃあ、開店しようか」

リサが声をかけると、全員が頷《うなず》く。

オリヴィアとデリアがドアを開けに行くのを見送り、ヘクターとジークは注文に備えて厨房《ちゅうぼう》に戻る。

お客さんを店内に案内するオリヴィアたちの様子を見ながら、リサは今日も忙しくなりそうだなと思うのだった。

夏の盛りとはいえ、今日は一段と暑い。

湿気がないのが救いだが、空では太陽がギラギラと輝いている。

おかげでかき氷は大人気。次々と入る注文に対応するため、かき氷機を常に稼働させている状態だ。

料理科が夏休み中のため、厨房《ちゅうぼう》はリサとジークを含むフルメンバー。そのおかげで、誰か一人がかき氷にかかりきりになっても、どうにか回っている。

今はランチタイムが終わってティータイムとなっているが、店内はずっと慌ただしい。暑さにやられたお客さんが吸い込まれるようにカフェに入ってくるのだ。

「ヘクターくん、パルゥシャのかき氷、あと二つ追加で！」

厨房《ちゅうぼう》に注文を伝えたデリアは、ホールの方から聞こえてきた「すみませーん」というお客さんの声に、すぐさま踵《きびす》を返した。

「先にご注文のパルゥシャのかき氷、三つですー！」

ヘクターはひっきりなしに入る注文を一つ一つ確実にこなしている。出来上がったものを配膳台に載せると、次の注文に対応するべく再びかき氷機を動かし始めた。

リサはちらりと配膳台の方を見る。デリアもオリヴィアも取りに来る気配がない。

このままではかき氷が溶けてしまうので、自分の作業を中断する。三つのかき氷をトレーに載せて、ホールに持っていくことにした。

ホールに来てみれば、やはりオリヴィアとデリアは手が離せない状態だった。オリヴィアはお客さんの注文を取っているし、デリアもドリンクの準備をしている。

リサは伝票を見て、かき氷を頼んだお客さんの席を確認し、そちらへ向かう。

「お待たせしました、パルゥシャのかき氷です」

テーブル席の三人組に声をかけると、彼らはリサの持つかき氷を見て目を輝かせた。

カフェの客層は女性が多いが、珍しいことに彼らは男性三人組。まだ十代半《なか》ばくらいに見えるので、おそらく夏休み中の学生だろう。

スイーツ男子なのかな？　と微笑ましく思いながら、リサは彼らの前にかき氷を置いた。

「うわっ、うまそう！」

三人組のうちの一人が、思わずといったように声を上げる。

ふんわりとした氷の上に、果肉がごろごろ入ったパルゥシャのシロップがかかっている。さらにその上には甘い練乳もかかっており、目にも楽しくボリューミーなかき氷。若い男性でも、かなり食べ応えがあるはずだ。

「慌てて食べると頭がキーンとするので、気をつけてくださいね」

がっつく勢いでスプーンを手にした彼らに、リサは一応注意する。元気よく「はい！」と返事をする彼らだが、落ち着いて食べられるかどうかは微妙だなとリサは苦笑した。

他のテーブルの食器を下げながらカウンターに戻る。すると、また新たなお客さんが来たのか、ドアが開く音が聞こえた。

「おお、今日も賑《にぎ》わってるな！」

満席の店内を見回し、一人の男性が言う。

フェリフォミアでは珍しい小麦色の肌に、赤褐色《せっかっしょく》の長髪。見覚えのあるその顔に、リサはあんぐりと口を開ける。

「やあリサ嬢、久しぶりだな！」

「マスグレイブ公爵!?」

にんまりとしながら片手を上げる男性は、隣国スーザノウルのマスグレイブ公爵だった。

「ウィルフレッドでいいと、いつも言っているだろう」

驚きを隠せないリサに、公爵はそう言ってははと笑う。

その後ろから、わざとらしいため息が聞こえてきた。

「まったくあなたという人は……リサ嬢が困っているでしょう。ほら、ここにいては邪魔になりますから、さっさと店内に入ってくださいよ」

呆れた様子で公爵の背中を押すのは、側近のニコラスだ。容赦ない彼の言動に、リサは相変わらずだなと小さく笑う。

そして、最後に入ってきた人物に目を留めた。

「ランダルさんも！」

「こんにちは、リサさん」

灰色に茶色が混ざった癖毛《くせげ》の男性は、ランダル・ヒュアード。マスグレイブ公爵の専属料理人だ。

彼がやってきたことで、なぜ公爵がここにいるのかようやくわかった。

「ランダルさん、コンテストの一次審査通過おめでとうございます！」

リサは微笑みながら彼に言う。

ランダルは料理コンテストの一次審査を通過し、もうすぐ行《おこな》われる二次審査に進む予定だ。それでフェリフォミアにやってきたランダルに、公爵もついてきたのだろう。公爵が行くとなれば、側近のニコラスは彼のおもり……もとい補佐として同行することになる。結果、この三人になったというわけだ。

顔見知りが三人も来てくれて嬉しい反面、リサは困った。

もてなしたくても現在、店内は満席だ。

この時間ならば普段はもう少し余裕があるものの、今日はあまりの暑さにかき氷目当てのお客さんがひっきりなしに訪れていた。

かき氷は時間が経つと溶けてしまうので、サッと食べて帰るお客さんが多い。よって回転は早いのだが、新たにやってくるお客さんによって席がすぐ埋まってしまう。

仕方がないので、リサは正直に事情を話すことにした。

「今はこの通り満席で、ご案内が難しい状況です。申し訳ございませんが、少し待っていただかないと……」

マスグレイブ公爵は店内を改めて見回し、考え込むように顎《あご》に手を当てる。

「そうか。久々にカフェ・おむすびの料理を堪能《たんのう》したかったのだが、席が空いていないのならば仕方ない……」

マスグレイブ公爵には初来店の時に、特別扱いはしないと言ってある。だからすんなり理解してくれたのだろうと、リサはほっとした。

「じゃあ、お待ちを――」

「客じゃなければいいのだな！」

「……はい？」

首を傾げるリサに、公爵はにやりと笑って告げる。

「実はリサ嬢に商談を持ってきたのだ。……ニコラス！」

「はい」

マスグレイブ公爵に呼ばれたニコラスは、持参した箱を開けて、中身をリサに見せた。

「これは、パイナップル……じゃなかった、ナツァナ!!」

久々に見た南国の果物に、リサは目を見開く。

「パルゥシャだけでなく、ナツァナもスーザノウルの特産品なのでな！　国内での人気が高いために、なかなか流通には乗らないのだが……カフェ・おむすびはこうしてスーザノウルフェアもしてくれていることだし、相談次第では……ということだ」

得意げに話すマスグレイブ公爵の表情から、リサは彼が初めからそのつもりだったことを悟る。

苦笑しつつ、近くにいたオリヴィアに声をかけた。

「オリヴィア、悪いけどホールは任せていい？」

「ええ、わかったわ」

オリヴィアは心得たように頷《うなず》く。店内は満席だが、今はティータイム。料理の注文はほとんど入らず、スイーツや飲み物がメインなのでリサがいなくてもなんとかなる。

「では、お三方はこちらへ。裏口から二階へご案内します」

商談となれば店内ではできない。リサは三人に一度店の外に出てもらい、裏口から二階のダイニングに案内することにした。

「ほう、二階はこうなっているのか」

マスグレイブ公爵は室内をキョロキョロと見回し、窓に近づく。二階のダイニングからは正面の通りが見下ろせる。

「こちらにかけてお待ちください。皆さん、お茶でよろしいですか？」

「ああリサ嬢、お構いな――」

「私は、あのかき氷が良いな！　パルゥシャがふんだんにのっているやつだ」

ニコラスが遠慮するのを遮《さえぎ》り、公爵はかき氷が食べたいと主張した。どうやらさっき店に入った時に、他のお客さんが食べているのをしっかり見ていたらしい。

子供のように好奇心いっぱいの目をした公爵に、リサも否《いな》とは言えない。それに、スーザノウルフェアをやるにあたり、公爵にはパルゥシャをたくさん融通《ゆうずう》してもらっている。せっかくだし、スーザノウル人である彼らにも味わってほしいとリサは頷《うなず》いた。

三人を二階に残して厨房《ちゅうぼう》へ向かう。

かき氷機を回す係は、ヘクターからジークにバトンタッチしていた。

「二人とも、任せちゃってごめんね。これから商談することになったから、またしばらく抜けるけど大丈夫？」

「マスグレイブ公爵が来たんだって？」

オリヴィアかデリアから聞いたのだろう。ジークが不機嫌な顔でリサを見る。マスグレイブ公爵の名前だけでそんな顔をする彼に、リサは苦笑してしまう。

「ニコラスさんとランダルさんも一緒だから、変に心配しなくて大丈夫だよ。……あ、悪いんだけどパルゥシャのかき氷、三つお願いできる？　せっかくスーザノウルから来たんだし、食べてもらおうと思って」

「わかった。特別に大盛りにしてやる」

ジークはそう言って氷を削り始めた。専用の魔術具から生み出された白い氷が器《うつわ》に降り積もる。かき氷の大盛りってサービスなのか、それとも嫌がらせなのか……とリサは微妙な気持ちになった。

あっという間に増量かき氷を作り上げたジークは、それをトレーに載せる。

「ありがとう」

「ああ、商談頑張れ」

「うん！」

リサはトレーを持つと、明日の仕込みをしているヘクターにも一声かけて、二階へ戻った。

「お待たせしました。パルゥシャのかき氷です」

「おお！　店で見たものよりひときわ大きいな！　食べるのが楽しみだ!!」

ジークのなんらかの思惑によって増量されたかき氷に、マスグレイブ公爵は嬉しそうな顔をする。

リサは内心で苦笑しながら、かき氷をテーブルに置いた。

「急いで食べると頭がキーンとするので、気をつけてくださいね」

「うむ、さっそくいただこう！」

いそいそとスプーンを手に取り、マスグレイブ公爵はパルゥシャのかき氷を掬《すく》う。

それに倣《なら》い、ニコラスとランダルも食べ始めた。

「おお、うまい！　淡白な氷とパルゥシャの濃厚な甘さが実に合うな！」

「これはおいしい……上にかかっているミルクの風味もまろやかでいいですね」

公爵に続いて、ランダルが言った。料理人魂《だましい》を刺激されたのか、よく味わいながら食べている。

しばらく室内は、かき氷のシャクシャクという音に包まれた。

かき氷を堪能《たんのう》する三人を、リサはニコニコしながら見つめていた。どんな人でも、おいしいものを食べている時の様子は変わらないなと思う。

口数が少なくなって、食べるのに集中している。食べる前はどんなに顰《しか》め面《つら》をしていても、食べるとそのおいしさに頬が緩《ゆる》み、表情が和《やわ》らいでいく。

最後、残った氷を一気にかき込んだマスグレイブ公爵が「いたた……」と頭を押さえたのはご愛敬だろう。

「さて、パルゥシャのかき氷を堪能《たんのう》したところで、商談に移ろうか」

しばし頭を抱えていた公爵だが、頭痛がおさまったのか、キリッとした顔で言った。

急な変化にリサは驚いてしまう。

だがニコラスとランダルは、マイペースにかき氷を食べ続けていた。マスグレイブ公爵と付き合いが長い二人は、公爵のこんな言動にも慣れているようだ。

一方、リサは商談という言葉に身構える。

商談とは、交渉事だ。できるだけ自分にとっていい条件になるように進めなければならない。

そんなリサの考えがわかったのだろう。マスグレイブ公爵がにやりと笑う。

「ナツァナはスーザノウル国内はともかく、国外へ流通させるとなるとなぁ。そうしたいのはやまやまだが、なかなか骨が折れそうだ」

「パルゥシャと同じようにはいかないんですか？」

「パルゥシャは生産量が多いし、加工技術も進んでいるからな。ナツァナとは状況が違う」

相手の出方を窺《うかが》うリサに、隙のない言葉で答えるマスグレイブ公爵。

何かメリットを示さなければ、ナツァナを手に入れるのは難しいかもしれないとリサは思う。そして、公爵に対して切れる最大のカードを早くも切ることにした。

「今ならスーザノウルフェアのメニューに加えられると思ったんですけどねぇ……。せっかく新しい料理も思いついたのに、ナツァナがないと作れませんし」

そう言って残念そうに肩を落としてみせる。

ちらりと公爵の顔を盗み見れば、眉がピクリと動いた。どうやらリサの言葉に気持ちが揺れているらしい。

マスグレイブ公爵がリサに何を求めているかはわからない。リサはこうした交渉事の経験があまりないし、そもそも料理人であって商人ではない。

義理の伯父であるアシュリー商会のアレクシスなどは、こうした商談が得意だろう。しかし、彼をこの場に読んでアドバイスを求めることもできない。

とはいえ、マスグレイブ公爵のことならば多少は知っている。さっきパルゥシャのかき氷を夢中で食べていたところを見ても、新しい料理が好きで、それを食べるためならば苦労を惜しまないはずだ。

だからこそリサは、ナツァナを使った新しい料理をちらつかせたのだ。

ぐっと押し黙るマスグレイブ公爵。その隣では新しい料理が気になるのか、ランダルもそわそわしている。

リサは公爵からの返事を待つ。すると、最初に聞こえてきたのはため息だった。

やれやれと言わんばかりに息を吐いたのは、側近のニコラスだ。

「まったく。初めからパルゥシャと同じように融通《ゆうずう》するつもりだったのに、面白がって商談なんて言い出すからこういうことになるんです」

「……へ？」

きょとんとするリサに、ニコラスが説明する。

「リサ嬢、安心してください。すでにアシュリー商会とは話をつけて、流通の準備も万全ですから」

リサは驚いて目を瞬《またた》かせた。

マスグレイブ公爵を見ると、むくれた子供のような顔をして、ニコラスをにらんでいる。

「ニコラス、そう簡単にネタばらしするんじゃない」

「……はぁ。ではお好きなだけやっててください。リサ嬢の新作料理は私が一人でいただきますから」

「なにっ⁉　ずるいぞ‼」

言い合いを始めるマスグレイブ公爵とニコラスに、リサはぽかんとしてしまう。その横でランダルは苦笑を浮かべていた。

「えっと、では初めから商談とかではなく……」

「ええ。もし必要ならば用意があります、とお知らせする程度のお話でした」

ニコラスがさらりと告げた言葉に、リサはがっくりとする。さっき『ナツァナがないと作れませんし……』などと小芝居を打ったのが恥ずかしくなってきた。

内心で身もだえながら、元凶であるマスグレイブ公爵に恨みがましい視線を送る。

ジークが警戒するわけだと、今更ながら思った。

「ま、まあ、なんにせよナツァナは必要なだけ融通《ゆうずう》するからいいではないか！」

取り繕《つくろ》うように言った公爵に、リサはぼそりと呟《つぶや》く。

「公爵には、新作料理を食べさせてあげません」

「なに⁉　で、ではナツァナの話は白紙に……」

「あなた一人が食べられないだけならば、まったく問題ありません。白紙になんて戻しませんから、心配なさらなくて大丈夫ですよ、リサ嬢」

「ニ、ニコラス⁉」

マスグレイブ公爵のことなど意に介さず、ニコラスがナツァナの融通《ゆうずう》を請け負う。

「よかった～！　ありがとうございます、ニコラスさん」

「いえ、ナツァナを使った新作、私も楽しみにしてますよ」

「頑張って作りますね！　完成したらランダルさんも是非食べに来てくださいね」

「はい、楽しみにしてます」

ランダルと和やかに会話をしつつ、ちらりとマスグレイブ公爵を見る。彼は口をもごもごさせ、困った顔をしていた。

いつも自信に満ちた公爵のこんな表情を見るのは初めてで、リサはつい噴き出してしまう。

「ふふふっ、マスグレイブ公爵、冗談ですよ。ちゃんと公爵にもお出ししますから」

リサに続いて、ニコラスが呆れたように言う。

「まったく、後先考えずああいうことを言うものではありません……リサ嬢に感謝してくださいよ」

「うむ……」

自分も新作料理を食べられそうだと知り、ほっとした様子のマスグレイブ公爵は、ニコラスの言葉にしおらしく頷《うなず》く。

子供のように素直な彼を、リサは可愛らしいなと思ってしまった。

いたずら好きで、時に意地悪でもあるが、こういうところを見ると憎めない。

こんな人間味溢《あふ》れる人柄だからこそ、彼の治めるマスグレイブ領は、あれほど人も土地も豊かなのかもしれない。

場が落ち着いたところで、リサは冷たいお茶を出した。かき氷だけでは口の中が甘いだろうし、少し落ち込んでいるマスグレイブ公爵も気分を変えたいだろう。

グラスに入ったお茶で喉《のど》を潤《うるお》すと、マスグレイブ公爵はわざとらしく咳払いをする。

「あー、というわけで、ナツァナもパルゥシャと同様、カフェ・おむすびに融通《ゆうずう》する」

「はい、ありがとうございます」

リサは先程のやりとりを思い出して、笑い交じりにお礼を言った。そんなリサに恨みがましい目を向けつつも、マスグレイブ公爵は話を続ける。

「ただし、こちらから条件があってな、スーザノウルフェアにナツァナを使った新作料理を加えてもらいたかったのだが、それについては言わずとも大丈夫そうだな」

「はい。ナツァナはいろいろなスイーツに使えますし、食事メニューにも取り入れてみたいので助かります！」

「……ん？　食事メニュー？」

ナツァナはスイーツだけに使うものと考えていたのか、公爵が少し驚いた顔をする。

「はい！　まあ、それは作ってからのお楽しみということで」

「そうだな、楽しみにしている！」

楽しそうに笑うリサの言葉に、マスグレイブ公爵は期待に目を輝かせた。

ナツァナの話がまとまったところで、話題は料理コンテストのことに移る。

「公爵とニコラスさんは、ランダルさんの応援にいらしたんですか？」

「ええ。そのついでにいろいろと雑務を片付ける予定です。ウィルフレッド様はこれでも王弟でいらっしゃいますから」

ニコラスの辛辣《しんらつ》な言葉に「これでもとは失礼な！」と噛みつきながらも、マスグレイブ公爵は得意げに言う。

「ランダルの晴れ舞台だし、コンテストはしっかりと観戦するつもりだ」

一方、当のランダルは苦い表情だ。

「ありがたいお言葉ですが、優勝できるかどうか……」

「何を言っているんだ！　弱気はダメだぞ、ランダル！　こういうのは気概が大事なんだ!!」

マスグレイブ公爵が活《かつ》を入れるようにランダルの背中を叩く。

信頼関係で結ばれた主従を微笑ましく思いながら、リサは口を開いた。

「私は審査員なので贔屓《ひいき》はできませんが、個人的にはランダルさんの作る料理を楽しみにしています」

その言葉にランダルがハッと顔を上げる。

「ありがとうございます。精一杯頑張ります」

「その意気だ！」

前向きになったランダルを見て、マスグレイブ公爵は満足そうに笑った。

雇い主に見守られながら参加するのは、やりにくさもあるだろう。だが、ランダルには是非頑張ってほしいとリサは思う。

もちろん他の参加者にも同様に頑張ってほしいし、彼らが実力を存分に発揮できることを願うのだった。

場が和やかにまとまり、そろそろ解散という雰囲気になってきた頃。

「そういえば、リサ嬢」

「なんでしょう？」

急に話を切り出したマスグレイブ公爵は、じーっとリサの顔を見つめてくる。顔に何かついているだろうかと、リサは小さく首を傾げながら公爵の言葉を待った。

「……リサ嬢、なんだか丸くなったのではないか……？」

「ま、丸⁉」

――え⁉　太ったってこと⁉

マスグレイブ公爵の言葉に、とっさに両頬を押さえる。

「あなたという人は……女性に何を言うんですか⁉」

「いや、その、なんというか……ほら、雰囲気が丸いって意味だ！　それ以上の意味はない‼」

呆れ顔のニコラスに責められた公爵は、しどろもどろになりながら弁解する。

しかし、リサはショックで固まっていた。

――確かに最近、ちょっと太った気がしなくもないって自分でも思ってたけど……

以前より食欲が増し、一次審査の料理もほとんど一人で食べた。毎日顔を合わせるジークが何も言わないので、リサはあまり気にしていなかったのだが、久々に会ったマスグレイブ公爵が言うのだから、やはり変化があるのだろう。

リサは太ると顔の輪郭《りんかく》がふっくらとするので、わかりやすいタイプなのだ。

マスグレイブ公爵は、自分の発言のせいで黙ってしまったリサに弁明を続ける。

「ま、前に会った時はこう……もっとガツガツっていうか、バリバリ？　していただろう」

「ウィルフレッド様、その言葉のチョイスもどうなんですか……」

「うぅ……すまない」

ニコラスの軽蔑《けいべつ》したような眼差しに負けて、公爵は押し黙る。

「いえ……正直に言ってくださってありがとうございます」

ショックだが、現実を教えてくれた公爵にリサはお礼を言った。なかなか言いにくいことを言ってもらえて感謝している。

「このままだと、またウィルフレッド様が余計なことを言いそうですので、我々はそろそろお暇《いとま》いたします。本日はお忙しい中、突然訪問してしまって申し訳ありません」

「いえ、わざわざ訪ねてきてくださって、ありがとうございました」

頭を下げるリサに、申し訳なさそうな目を向けてくるマスグレイブ公爵。そんな彼を連れて、ニコラスとランダルは帰っていった。

第十六章　前日の準備です。

「うう……お腹が空くと気持ち悪い……」

「だから無理せず食べろって」

起床して早々、空腹と気持ち悪さを実感するリサ。ジークは少し呆れ気味に言いながらも、リサの背中をさすってくれる。

マスグレイブ公爵から太ったと指摘されて以来、リサはどうにか食欲に抗《あらが》い、食事の量を元に戻していた。しかし、今度は空腹を感じると気持ち悪くなるようになってしまったのだ。

ジークは気にせず食べた方がいいと言うが、太るのが嫌なリサは、どうしても素直に頷《うなず》けないでいた。

とはいえ、こうしてジークを心配させてしまっていることに関しては申し訳なく思う。

「ほら、早く朝ご飯を食べに行こう。それか、軽く摘《つ》まめるものを持ってきてもらうか？」

「……食べに行く。大丈夫」

胃がもたれたような重苦しさと吐き気を感じながらも、リサはベッドを出た。

それと同時にメイドのメリルが部屋に入ってくる。メリルにリサを預けたジークは、心配そうにしつつも身支度をしに自分の部屋へ向かった。

「リサ様、お辛ければ、お座りになったままで結構ですので……」

「ありがとう、メリル」

空腹をごまかすために、とりあえず水をもらう。冷たい水は、気分が悪くてもすっと喉《のど》を通っていく。

ほんの少しだけ不快感が弱まり、リサはほっと息を吐いた。

「うん、マシになった。普通に立って着替えるね」

「かしこまりました。ですが、やはり一度お医者様にかかられた方が……」

「明日のコンテストが終わったらそうするよ」

料理コンテストの二次審査が明日に迫っていた。

今日は会場の設営と打ち合わせがあるため、リサも忙しい。

気持ち悪さは食事をすれば消えるとわかっているし、どうにかなる。リサとしても原因がなんなのか知りたい気持ちはあるが、今優先すべきはコンテストだ。

前から医者に診《み》てもらうよう勧めてくれていたメリルは、心配そうにリサを見つめる。

それに苦笑して、リサは服を着替え始めた。


身支度を整え、ジークと共にクロード邸の本館へ向かう。

気遣うジークに支えられながら渡り廊下を進み、食堂に到着すると、そこには養父母のギルフォードとアナスタシアが揃っていた。

「おはよう、リサちゃん、ジークくん」

「おや、リサちゃんは今日も具合が悪いのかい……？」

ぐったりとしているリサに、ギルフォードが心配そうな目を向ける。

養父母の二人もリサの様子を気にかけていた。公爵に指摘される前は、やけに食欲があるなぁくらいにしか思っていなかったらしいが、食べるのを控えてから体調がおかしくなったリサの様子を心配している。

「やっぱり医者に来てもらった方がいいんじゃないかい？」

ギルフォードもメリルと同様、医者にかかるように勧めていた。

「そうよ、何かあってからじゃ遅いんだから」

アナスタシアもリサを気遣い、夫に同調する。

「はい。明日のコンテストが終わったら受診します」

「それがいい」

ジークはリサを席までエスコートしつつ、安堵したように頷《うなず》いた。

全員が席に着くと、料理が運ばれてくる。

食前のお祈りを済ませ、リサはスープに手を伸ばした。コグルというトウモロコシに似た野菜の冷製スープ。しっかり裏ごししてある滑《なめ》らかなスープを一口飲むと、気持ち悪さがみるみる消えていく。

どんどん食欲が湧いてきて、焼きたてのパンとサラダ、ベーコンにスクランブルエッグという洋風の朝食をリサはペロリと平らげた。

体調が回復したリサは、ジークと共に料理コンテストの会場となる中央広場へやってきた。

すでに会場の設営は始まっていて、その中から目当ての人物を探す。

「あ、いたいた。キャロルさーん！」

派手な紫と金の髪をしたキャロルはすぐに見つかった。名前を呼ぶと振り返ってくれたキャロルに、リサは大きく手を振る。

「おはよう、リサちゃん、ジークくん」

今日もバッチリメイクしたキャロルは、駆け寄ったリサとジークに、にっこりと笑う。

「おはようございます。いよいよ明日ですね！」

「そうね～！　あっという間だわ」

春に計画が持ち上がった料理コンテスト。気付けば夏も終わりに近づき、いよいよ決勝の二次審査だ。

「今日は会場の設営と、明日に向けて打ち合わせもしないとだから、忙しくなるわよ～！」

「はい！」

「俺もできるだけ手伝います」

「あら、ジークくんありがとう！」

ジークは審査には参加しないが、料理に関してトラブルが起こった時に備えて、会場で待機してくれることになっている。

リサとしてもジークがいてくれるだけで心強い。

「じゃあ、明日の流れから説明しましょうか」

キャロルの後に続いて、リサとジークも歩き出す。

リサは明日の流れについてキャロルに確認する。その間にも、会場の設営は着々と進んでいった。

明日のリサの役目は、審査と解説だ。

調理の段階から一般公開されるため、アシュリー商会で手配した司会者が実況しながら進めていく。ただ、司会者に料理のことはわからないため、リサが解説をしていくというわけだ。

また、審査には料理科の動植物学の講師であるセビリヤも参加する。食材についての専門的な解説は彼にお願いする予定だ。

他に審査員は二人いて、どちらもリサがよく知っている人だった。

アシュリー商会の代表であるアレクシス。

王宮の料理長であるマキニス。

一次審査に続いて審査員をやるはずだったキャロルは、今回は辞退することになった。当日の運営責任者として、コンテストの進行を管理しなければならないからだ。

「……という感じなんだけど、大丈夫そう？」

「はい、おそらくは……」

「あとは臨機応変に、と言うしかないわね。こっちも初めての試《こころ》みだから、当日はいっぱいいっぱいになりそうだし」

「そうですね。私も精一杯頑張ります」

「頼むわよ！　しっかり成功させましょう！」

「おー！」

リサとキャロルは、同時に拳《こぶし》を突き上げる。そんな二人をジークが微笑ましく見守っていた。

第十七章　二次審査が始まります。

今日はいよいよ料理コンテストの二次審査。

フェリフォミア王都の中央広場には、朝早くから多くの人が集まっていた。コンテストというよりは、料理対決といった雰囲気の会場で、始まるのを今か今かと待っている。

王宮側のスペースに屋台風の調理台が三つ設置され、それが見える位置に審査員席が設けられている。

そのエリアと簡易的な柵で仕切られているのが一般審査員の観覧席だ。事前に応募してもらい、その中から選ばれた一般審査員が、そこから調理の様子を見ることになる。

それ以外にももちろん観客はいる。すでに大勢の観客が広場にやってきて、コンテストが始まる前から会場は熱気に包まれていた。

また、広場にはアシュリー商会の出張所として、特設の売店ができていた。アシュリー商会で取り扱っている商品のサンプルが並んでいる他、軽食や飲み物も販売されている。

サンプルを物珍しそうに見ていく人もいれば、子供にねだられて食べ物を買っていく人もいて、大いに賑《にぎ》わっていた。

コンテスト開始の時間が近づくと、関係者が続々と集まり始めた。観客もいよいよ始まる雰囲気に、視線を調理台の方へと向けている。

そしていよいよ、審査員と司会者が登場した。

「皆さん、お待たせしました。アシュリー商会主催、第一回料理コンテストにお越しくださり、まことにありがとうございます」

司会の男性が拡声用の魔術具を手に話し始める。すると、観客からわあっと声が上がった。

「えー、まず始める前に注意事項をお伝えいたします。守れない方にはご退場いただきますので、必ず守ってください」

そう前置きして、司会者が注意事項を伝えていく。

設けられた柵より前には出ないこと。コンテスト参加者への妨害行為はしないこと。他の観客への迷惑行為もしないこと。

その三つを伝えた後、「もちろん声援は大歓迎ですので、是非とも応援よろしくお願いします。皆さん、大いに楽しんでいってください」とニコッと笑う。

パチパチと拍手が起きて、彼は会釈《えしゃく》をする。そして「さて」と真面目な顔に切り換えた。

「それでは、本日の審査員をご紹介します。一人目は、フェリフォミア王宮で長年料理長を務められているイアン・マキニス氏です」

紹介されたマキニスが立ち上がり、軽く手を上げる。強面《こわもて》のマキニスだが、こういう場は不慣れなのか、少し照れたように目を泳がせていた。

「王宮の厨房《ちゅうぼう》を一手に取り仕切る彼の評価は、参加者にとっては厳しいかもしれませんね！　さて次は、動植物学の権威であるセビリヤ・コルン氏です」

セビリヤが温和な表情で立ち上がる。マキニスより老成しているセビリヤは、こうした場にも動じないようで、いつもの落ち着いた雰囲気のままだ。

「食材の特性を知り、それをどう活かすかも料理の腕の見せどころ！　セビリヤ氏にはその観点から評価していただきましょう！　続いて、カフェ・おむすび店主で学院の料理科の主任講師でもあるリサ・クロード氏です」

その紹介を受けて、リサも立ち上がる。

会場を見回すと、見知った顔がちらほらいることに気付いた。最前列にはアメリアの応援に来たのか、仲良しであるルトヴィアスとハウルの姿もあった。

その他にも顔見知りが来ているらしく、会場のどこかから「リサさーん！」という声が聞こえてくる。少し恥ずかしくて、はにかむリサだった。

「おっと、さすが王都の有名人ですね！　数々の新しい料理を生み出してきたリサ氏ですが、そんな彼女のお眼鏡《めがね》に適《かな》う料理は果たして生まれるのか⁉　それも見どころですね‼　そして最後は、我らがアシュリー商会の代表であるアレクシス・アシュリー氏です」

リサの隣に座るアレクシスが立ち上がった。

さすがにアレクシスは慣れているらしく、堂々とした様子で手を上げる。

「数多くの人気商品を取り扱うアシュリー商会で代表を務めるアレクシス氏。彼を唸《うな》らせる料理が出てくるのか、注目です‼　またこの他に、一般の審査員の方々にもご参加いただきます。こちらは事前に抽選で選ばれた方が対象で、すでに投票用紙が配られているかと思いますが、大丈夫でしょうか？」

司会の男性の言葉に、手に持った紙を振ってみせる人がちらほらといた。

「審査は点数制で行《おこな》われます。今回、参加者の方々には米料理と麺料理を一品ずつ、計二品作っていただきますが、こちらにいる四名の特別審査員の方々は、一つの料理に対して五点満点で採点していただきます。つまり、参加者一人につき最大十点がもらえるというわけですね。一般審査員である三十名の方々には、最も優《すぐ》れていると思った参加者に投票していただきます。一票につき一点として集計しますので、合計点の一番高かった参加者が優勝となります」

つまり、リサたち特別審査員がつけた点数に、一般審査員の投票による点数が加算される仕組みだ。

「それでは、お待ちかねの参加者の紹介です。一人目は、スーザノウルから参加のランダル・ヒュアードさん！」

司会者の呼び声で、待機用のテントからランダルが出てくる。

会場が拍手と歓声に包まれる中、彼は緊張した面持《おもも》ちで調理台の前に歩いていく。

「美食家として知られるマスグレイブ公爵。その専属料理人である彼の腕前やいかに!?

そして二人目の参加者は、フェリフォミア王都出身、アメリア・イディールさん！」

続いて登場したのはアメリアだ。今日もトレードマークのツインテールをしている。

ランダルと同じくこわばった顔のアメリアに、観客のルトヴィアスとハウルが声を揃えて「アメリアー！」と声をかける。

それに気付いたアメリアは、ほっとしたように表情を緩《ゆる》めた。

「彼女は学院の料理科の第一期生で、先日卒業したばかりです。料理の専門教育を受けた彼女の力量はどうなのか、気になるところですね!! そして最後の参加者は、ニーゲンシュトック出身、エルミーナ・アーレンスさん！」

しゃんと背筋を伸ばしたエルミーナが、しっかりとした足取りで進み出る。キリッとした表情は、やる気に溢《あふ》れていた。

「詳しいプロフィールはわかりませんが、だからこそ、その腕前は未知数！　このコンテストの台風の目となるのか!?　期待しましょう!!」

参加者が揃うと、会場から歓声が上がる。どんな料理が作られるのか、リサも楽しみだった。

「本日、この三名に作ってもらうのは、こちらを使った料理です！」

そう言って司会者が、ボードを持つ人を指し示す。そのボードが掲《かか》げられると、そこには大きな文字で『米』と『麺』と書かれていた。

「『米』と『麺』！　この二つの食材を使って一品ずつ作ってもらいます！　食材に関しては、アシュリー商会からすべて提供されます。使用食材は事前に伺《うかが》っていますが、急遽《きゅうきょ》必要な物があれば用意しますので、参加者の方々は気軽に申し出てください」

司会者の言葉に、ランダルたち三人が頷《うなず》く。

それを確認すると、司会者は表情を引き締めた。

「それでは始めましょう。制限時間は正午までです。こちらの時計でカウントしますよ。三人とも準備はいいですか？　――では、料理開始です!!」

司会者の言葉と共に、広場の鐘が鳴らされた。三人の参加者が一斉に調理台へ向かう。

観客からは、ひときわ大きな歓声が上がった。

「ではここからは、私の実況に加え、特別審査員の方々にも随時解説していただきましょう。まずリサ氏に伺《うかが》います。初めのポイントはどんなところになりますか？」

拡声用の魔術具を向けられたリサは、さっそく来たかと思いながら口を開いた。

「そうですね、まずはお米を炊くことでしょうか」

「といいますと？」

「お米は炊くのに時間がかかります。調理の仕方にもよりますが、もし炊くのであれば、まずお米を研いでから炊く必要があります。ここから見る限り、三人ともお米を研いでいるので、炊いて使うようですね」

コンテストが始まるや否《いな》や、三人は一斉にお米を研ぎ始めた。そのまま鍋にセットしているところを見ると、全員白米を炊くようだ。

「なるほど、まずは時間がかかる作業から行《おこな》うことで、時間を有効に使うんですね」

制限時間があるため、効率よく調理を進めていかなければならない。作業の優先順位や手際のよさも、料理の出来に関わってくる。

まだ三人に目立った動きがないので、司会者はセビリヤに米について質問する。セビリヤは米の特徴をわかりやすく解説し、観客もそれに聞き入っていた。

参加者たちが、下ごしらえを始めたようだ。それぞれ材料を切り始める。

そして、最初に動き出したのはランダルだった。

「おっと、ランダルさんが鍋を用意しました。中に入れているのは鳥の骨でしょうか？」

司会者はリサに目配せして、魔術具を向けてくる。

「おそらくスープの出汁《だし》を取るのだと思います」

「出汁《だし》ですか」

「ただ、時間内にどこまで出汁《だし》が取れるか心配ですね。鳥ガラから出汁《だし》を取るのは時間がかかりますから……」

「それは心配ですね。今日の審査は事前に調理したものは持ち込み不可。アシュリー商会が用意した食材のみ使用が許可されています」

「あ！」

リサが思わず上げた声に、司会者が食いつく。

「どうしました？」

「鍋の中身は鳥ガラだけじゃないみたいです。バイレも入ってますね」

「バイレというのは海藻ですね」

「はい。バイレからもいい出汁《だし》が出るので、合わせ出汁《だし》にするようです」

昆布によく似たバイレからもおいしい出汁《だし》が出る。短時間で旨みのあるスープにするため、鳥ガラだけでなくバイレも使い、ダブルスープにするようだ。

「それは、どんな味になるのか楽しみですね。……っと、エルミーナさんにも動きがあったようです。あれはシューゼットでしょうか？」

シューゼットはキャベツによく似た野菜だ。

エルミーナはそれを丸ごと調理しようとしている。

「芯の部分をくり抜きましたね。水の張った鍋をコンロに準備しているところを見ると、茹《ゆ》でるのでしょうか？」

「もしかしてロールシューゼットを作るのか？」

思わずといったようにマキニスが呟《つぶや》く。司会者がそれに気付き、彼の方へススッと移動していく。

「マキニス料理長、何か思い当たる料理でも？」

「……ああ、もしかしたらロールシューゼットを作るのかと思ったんだ」

拡声器によって大きくなった声はエルミーナまで届いたらしい。

彼女は顔を上げて、小さく頷《うなず》く。

「おお、どうやらマキニス料理長の予想通り、エルミーナさんはロールシューゼットを作るようですね」

「ただ、ロールシューゼットは米も麺も使わないはずだが……」

マキニスは困惑しつつも補足する。ロールシューゼットはいわゆるロールキャベツである。通常、肉や野菜をキャベツならぬシューゼットの葉で巻き、煮込んで作る料理だ。

「では、これから作るのはエルミーナさんなりにアレンジした料理ということでしょうか？　気になりますね！　さて、アメリアさんの様子はどうでしょうか？」

司会者の言葉で、会場の視線がアメリアに集まる。

アメリアはまだ下ごしらえをしているらしく、いろいろな野菜を刻んでいた。作業自体はとても地味だ。

「まだ下ごしらえの段階でしょうか？　しかし、他の二人に比べると使う材料の種類が多いですね」

司会者が解説を求めるようにリサのもとへ戻ってくる。とはいえ、リサもアメリアが何を作ろうとしているのか、現段階ではわからない。

「あのたくさんの材料が一つの料理になるのか、それとも別々の料理になるのか、現段階ではわかりませんね」

「リサ氏でも判断がつかないと？」

「はい。ただ一つ言えるのは、材料を多く使えば味にバリエーションを持たせられます。その分、組み合わせの難度も上がりますが、どのような料理になるか楽しみですね」

「なるほど、それも腕の見せどころというわけですね！　期待しましょう」

三人の様子を一通り紹介したところで、司会者はアシュリー商会の特設店舗について説明を始めた。これには、代表であるアレクシスからも補足が入る。アシュリー商会主催ということで、商品の宣伝も兼ねているらしい。

わかりやすく、テンポのいい司会者の説明に、会場にいる観客たちは耳を傾け、時に笑い声を上げる。そんないい雰囲気の中で、料理コンテストは進んでいった。

第十八章　予定を変更します。

緊張がようやくほぐれてきたアメリアは、順調に調理を進めていた。初めは包丁を握る手が震えていたが、料理に集中すればなんてことはない。

——ルトにもハウルにも練習に付き合ってもらったんだから、絶対に大丈夫!!

最前列で心配そうに見守る二人が、アメリアの視界に時々入っていた。アメリア本人よりも緊張した顔で見つめてくるものだから、逆に笑えてしまう。

先程、司会者は地道に作業するアメリアを見て、言葉を探しているようだった。アメリアの作る料理は下ごしらえが多く、どうしても作業は地味だ。

それをリサが上手くフォローしてくれた。まるでアメリアの背中を押してくれるかのように。

いろんな人からの期待を感じながら、アメリアは鍋の様子を窺《うかが》った。鍋は少し前に火を止めて、中のお米を蒸らしている。

そろそろ頃合いだと思い、アメリアは蓋《ふた》を開けた。

閉じ込められていた湯気がもわっと上がり、そこにはふっくらと炊けたお米が——

「え……」

アメリアは絶句した。鍋に入っていたのは、アメリアが予想していたのとは違うお米の姿だったのだ。

つやつやと輝き、一粒ずつ立っているはずだったお米は、見る影もない。水分が多くべちゃっとした、おかゆのような有様《ありさま》だ。

「うそ、どうしよう……水加減を間違えた」

緊張のあまり水の量を間違えてしまったらしい。思い返してみれば、計量カップ一つ分、多く入れたような気がしてくる。

ちらりと時計を確認する。今からやり直せばギリギリ間に合うが、それでは次の工程を進める時間がない。

——どうしよう……！

アメリアは思わずルトヴィアスとハウルを見た。アメリアが鍋の蓋《ふた》を開けて固まってしまったため、二人も異変に気付いているのだろう。

目が合うと、これまで以上に心配そうな視線を向けてくる。

「おや、アメリアさんに何かトラブルでしょうか⁉　動きが止まりました」

司会者の声が拡声器によって、会場に大きく響き渡る。それにより、観客の目が一斉にアメリアに集まった。

——どうしよう、どうすれば……

泣きたくないのに、じわりと涙が浮かんでくる。アメリアは助けを求めるようにリサを見た。

ゆがんだ視界に映ったのは、心配そうにしつつもルトヴィアスやハウルとは違う、力強い眼差し。

『頑張れ、アメリア』と言わんばかりに、じっと見返され、アメリアはぐっと唇を噛んだ。

四人の特別審査員の中で、若い女性は一人だけ。けれど、年上の男性陣の中にいてもひけを取らず、堂々としていて、司会者の質問にも的確に答えていた。リサなら、こんな時でも絶対に諦《あきら》めないはずだ。

――考えろ、アメリア・イディール！　これまでリサ先生から学んできたことの中に、絶対ヒントがあるはず！

心の中で自分を鼓舞《こぶ》し、アメリアは袖《そで》でぐいっと目元を拭《ぬぐ》う。

その時、急にアイデアが浮かんできた。

それは初めて作る、ぶっつけ本番のアレンジレシピ。できるかどうか、おいしいかどうかもわからない。

でも、今やれるのはそれしかない。

「よしっ……」

アメリアは小さく呟《つぶや》き、気合いを入れ直す。そして、近くにいたアシュリー商会の人に聞く。

「すみません、小麦粉ってありますか？」

「はい、ありますよ。今持ってきますね」

基本の食材なので、しっかりと準備していたらしい。

材料があることに安堵して、アメリアは作業を再開する。

まずは水加減を間違えたお米をボウルに移す。司会者の「アメリアさんに動きがありましたー！」という声が聞こえてくるが、今は作業に集中だ。

お米をボウルに移し終えると、アシュリー商会の人が小麦粉を持ってきてくれた。

「あれは小麦粉でしょうか？　予定にはなかった食材ですね。どのように使うのでしょう」

司会者の言葉で、観客が再びアメリアの調理に注目する。

視線が集まっているのを感じながら、炊き損ないのお米が入ったボウルに小麦粉を加えた。さらに水も加えて練っていく。

微妙に残ったお米の粒を潰し、滑《なめ》らかになるまで練る。耳たぶくらいの柔らかさになったら、手に打ち粉をして小分けにし、一つずつ平らに広げた。

ここで、事前に作っておいた具材の登場だ。

本当は違う使い方をする予定だったが、このまま活かすことにする。

広げたお米の生地に具材を包んでいく。扱いやすいようにとろみをつけ、餡《あん》のようにしておいたのが功を奏した。

具材を包んだら、こぼれないようにしっかりと閉じる。そして、丸いおまんじゅうのような形に整えた。

生地と具材がなくなるまで、それを繰り返す。

すべて包み終えたら、フライパンで焼いていく。蓋《ふた》を被せてじっくりと蒸し焼きにし、表面に焦げ目がついたら完成だ。

「……できた」

アメリアは途中から周りの音が何も聞こえないくらい集中していた。ハッとして顔を上げると、会場は大いに盛り上がっている。

「アメリアさん、一品目が完成かー!?　トラブルがあったようですが、早いです!!」

そんな司会者の声が響く。

どうやらアメリアが三人の中で最も早く一品目を完成させたようで、観客からも「おー！」という声が上がる。

アメリアは出来上がった料理を具材の種類ごとにお皿に並べた。

二次審査では一つの料理につき、五人前以上の量を作らないといけない。審査員が食べるのはせいぜい二、三口ずつだが、四人の特別審査員と、三十人の一般審査員に行き渡る必要があるからだ。

アメリアは余裕を持って、多めに作っておいた。焦げ目のついたおまんじゅうのような料理がお皿にたくさん並んでいる。

とりあえず一品目は完成したが、もう一品作らなければならない。終了時間が迫っているので、少し急がなければと、アメリアは気持ちを切り換える。

今度は失敗しないよう、何度も練習した手順を思い出した。

具材は下ごしらえの時点で切ってある。なので、まずは麺を茹《ゆ》でるためのお湯を沸かし始めた。

お湯を沸かしている間に、調味料を作る。醤油、ケチャップ、ウスターソース、料理酒、塩こしょう、花蜜《はなみつ》をボウルに入れ、よくかき混ぜるのだ。

よく混ざったら、少し舐めてみる。

「うん、大丈夫そう」

少し甘めで、酸味と塩味のバランスもちょうどいい。今は料理酒のアルコールが主張しているが、火で飛ばせばまろやかになるはずだ。

その時、コンロにかけてあるお湯の鍋から湯気が上がり始めた。

茹《ゆ》でるのはラーメンの麺。薄い黄色の縮れ麺だ。

本当は生麺の方がいいのだが、今回はアシュリー商会が用意した食材を使わなければならないので、乾麺を使う。

くっつかないようにほぐしながら、ぐつぐつと沸騰するお湯に投入する。

柔らかすぎず、硬すぎず。ちょうどいい頃合いに引き上げた。

それを、すかさず冷水でしめる。一緒にぬめりも取り、しっかり水を切ると、ボウルに入れてリンツ油を絡めておく。リンツ油は、リンツという実からとれる油だ。独特のいい香りがして、美容などにも使われている。

麺の準備ができたところで、二品目の調理も佳境に入った。

アメリアは大きい中華鍋をコンロにかける。大さじ一の油を熱したら、薄切りの豚肉を入れ、色が変わるまで炒める。

次に、下ごしらえの時に切っておいたシューゼット、パニップ、ニオルを入れて炒めていく。リサの故郷ではパニップはにんじん、ニオルは玉ねぎと呼ばれているらしい。

野菜が少ししんなりしてきたところで、先程準備した麺の投入だ。

ざっと混ぜ合わせると、麺に絡めておいた油が溶け、野菜となじんでいく。

全体が混ざったら、合わせておいた調味料を回しかける。熱した鍋肌に調味料がかかると、香ばしい香りが一気に広がった。

「これは、なんとも食欲をそそる匂いですね！」

司会者が思わずといった様子で言う。

アメリアは焦げないように中華鍋を振りながら、ソースを具材と麺に絡ませる。汁気がなくなり、野菜と麺がつやつやとしたソースの色になったら完成だ。

六人分作るつもりだが、重い中華鍋で一気に作るのは、非力なアメリアには難しい。そのため、まずは三人分。次いで残りの三人分も素早く作り上げていく。

お皿に取り分け、鍋を置いたところで、終了時間がギリギリまで迫っていたことに気付いた。

「三、二、一……」

会場からは司会者の音頭に合わせて、カウントダウンの声が上がる。

「終了～！　参加者の方々は調理をやめてください」

アメリアはここでようやく左右の調理台を見た。

ランダルは余裕の表情だが、エルミーナは少し悔しそうな顔をしている。もしかしたら、時間が足りなかったのかもしれない。

そう思って見ていると、目が合った。

アメリアは親しげな笑みを浮かべたが、エルミーナは一瞬呆《ほう》けた表情をした後、慌てたようにツンと顔を逸《そ》らした。それにアメリアは苦笑する。

「では、審査に移ります。参加者の皆さんはこちらへどうぞ」

司会者の言葉に、アメリアは気持ちを切り換える。

――失敗もしたけど、精一杯やったもの！　あとは結果を待つだけ！

不安と期待が入り交じり、胸がドキドキしている。

祈るような気持ちでアメリアは前に進んだ。

第十九章　料理が完成しました。

――三人とも、すっかり肩の力が抜けたなー……

調理が終わると、参加者全員がやりきったように脱力した。それを見て、だいぶ緊張していたんだなとリサは感じる。

それもそうだろう。これだけの人の前で料理する機会はなかなかない。カフェや料理科で慣れているリサでさえ、突然こんな人数の前で料理をするとなったら、さすがに多少は緊張する。

その上、参加者の三人には審査されるプレッシャーもある。ただ見られているよりも、はるかに緊張するだろう。

だが、それぞれしっかりと調理を進め、時間内に完成させたのだから素晴らしい。

「それでは、各人から作った料理について説明してもらいましょう。まずはランダルさん、お願いします」

調理台の前に設置された長机には、完成した料理が並んでいる。その横に立つランダルに司会者が拡声用の魔術具を向けた。

「私が作ったのは、海鮮を使った炒め混ぜご飯と、冷製のフォーです」

「では、炒め混ぜご飯の方から詳しく教えていただいてもいいですか？」

「はい。こちらの料理はその名の通り、炒めた混ぜご飯です。ただ、味付けにはこだわってまして、バイレを漬けた醤油をベースに、ペルテンで少し辛味を出しています。さらにシークァの果汁を入れることで、さっぱりと食べられるようにしました」

「かなり複雑な味のようですね」

「スーザノウルはフェリフォミアよりも暑いですから、猛暑の時でも食欲が湧くようなお米料理を目指しました」

「なるほど！　では、冷製のフォーについてもお願いします」

「フォーはスーザノウル特産の泥麦《どろむぎ》の粉を使った麺料理です。普通ならば熱いスープで食べるのですが、夏のこの時期でもさっぱりと食べられるよう、冷製にしました」

「上にのっている野菜とお肉がおいしそうですね」

「フォーは淡泊な麺ですが、その分どんな具材にも合います。肉や野菜と一緒にサラダ感覚で食べてもらいたいですね」

「ありがとうございます。では、これから審査員の皆さんに料理を配ります。どうぞ味わってみてください」

司会者の言葉のあとに登場したのは、ジークとアシュリー商会の職員らしき人だった。

二人は人数分のお皿に料理を取り分けていく。人数が多いので、一人あたりが食べる量は二、三口分ほどになってしまうが、試食ならば充分な量だ。

他にも数人の職員が出てきて、審査員たちにお皿を運んでいく。

リサのところにも持ってきてくれたので、さっそく食べてみることにした。

まずは炒め混ぜご飯。

作り方を見ていた感じ、チャーハンに近い。アッガーというエビに似た甲殻類、卵と鳥肉、玉ねぎに似たニオルも入っている。

見た目はチャーハンに似ているが、味付けはチャーハンほどシンプルではなさそうだ。

ニンニクに似たリッケロと、唐辛子のように辛いペルテン、そしてランダルも説明していた通り、シークァというレモンに似た果汁の香りもする。

スプーンで掬《すく》って、一口食べてみた。

――あ、これってナシゴレンだ！

味付けに使われているのは、ランダルが一次審査で提出したのと同じ、バイレを漬けた醤油。そこにシークァの酸味が加わることで、ナンプラーに近い味わいになっている。

それに――

「ランダルさん、この甘さは花蜜《はなみつ》ですか？」

リサが質問すると、ランダルは驚いたように目を見開いた。

「はい、そうです！　よくわかりましたね」

「塩味、辛味、酸味、そして花蜜《はなみつ》の甘みと、味のバランスがすごくいいです。おいしいですよ」

「おおー、リサ氏から『おいしい』の言葉が出ましたー！　これは審査結果にも期待できそうですね」

司会者がリサの言葉を拾い、会場を盛り上げるように言った。ランダルもリサにおいしいと言われて嬉しそうだ。

次にリサは冷製フォーをいただく。

具材は鳥肉と、トマトに似たマロー、玉ねぎに似たニオルに、いくつかの香味野菜だ。好みでかけられるようにシークァのスライスも添えられていた。

まずは麺を食べてみる。さっぱりとした塩味のスープと絡んだ麺が、すっと口に入っていく。

時間がないのではと心配していた出汁《だし》も、鳥ガラとバイレの二つを使ったことで、旨みがしっかりと出ていた。鳥ガラの脂《あぶら》も気にならず、すっきりとした味わいだ。

麺だけだと少し物足りない感じだが、具材と一緒に食べると食べ応えがある。

ランダルの言った通り、夏のこの時季にはぴったりな料理だろう。

「これは食べやすくていいですな。この歳になると、夏はどうしても食欲が落ちてしまって……」

セビリヤは冷製フォーが気に入ったようで、おいしそうに味わっていた。マキニスとアレクシスも頷《うなず》きながら食べているし、ランダルの料理はどちらも高評価のようだ。

「皆さん、食べ終わりましたでしょうか？　では特別審査員の方々は、お手元のボードに点数の記入をお願いします。一般審査員の方々は、参加者全員の料理を試食した後に投票していただきますので、少々お待ちください」

司会者に促《うなが》され、リサは配られたボードのランダルの欄に、点数を書き入れる。一人目ということもあり、少し迷いつつも記入を終えた。

リサたち特別審査員の記入が済んだところで、次の参加者の料理に移る。

「続いて、アメリアさんの料理について伺《うかが》いましょう。アメリアさん、お願いします」

「は、はい！　私が作ったのは、えっと……お米の生地の包み焼き？　です。それと焼きラーメンを作りました」

緊張しながら説明したアメリアに、司会者がさらに質問する。

「料理名が疑問形でしたが、そちらから説明してもらえますか？」

「あの、実は……作る予定だったものとは違うんです。ちょっとお米を炊くのに失敗してしまって、急遽《きゅうきょ》アレンジして作りました」

「途中で動きが止まっていたのは、やはりトラブルがあったんですね」

「はい……。でも、ちゃんとおいしいはずです！　生地はお米と、つなぎに小麦粉を使っていて、五種類の具を包んであります。プルエ、餡子《あんこ》、ニーオレ味噌、肉の甘辛煮《あまからに》、野菜です。プルエと餡子《あんこ》の包み焼きは甘くてスイーツとしても食べられますし、他の三種類はちょっとした軽食として考えました」

ちなみにプルエはカボチャに似た野菜で、ニーオレはねぎに似た野菜だ。つまりニーオレ味噌は、ねぎ味噌ということになる。

「中の具によって、いろいろな楽しみ方ができるんですね！　麺料理の方についても教えてもらえますか？」

「私の作った麺料理は、焼きラーメンです。リサ先生に教わった焼きうどんから思いつきました。いろんな具材とラーメンの麺を炒めて、特製のソースを絡めています」

「作っている時、ソースの香りが漂ってきて、すごくおいしそうでしたね！　では、アメリアさんの料理も試食に入りましょう」

アメリアの料理が取り分けられ、審査員に配られる。

まず米料理の方は、おまんじゅうのような見た目だが、リサには思い当たる料理があった。

一口食べてみて、それは確信に変わる。

――おやきだ！　懐かしい～！

おやきとは長野県の郷土料理で、小麦粉や米粉を練って作った生地に、いろいろな具を包んで焼いたものだ。

アメリアの場合、生地の作り方は多少違うものの、味はおやきにとても近かった。

元は違うものを作るつもりだったというが、とっさに思いついてこれを作ってしまうなんて、すごいの一言である。

そして麺料理の方も、リサにはなじみのあるものだった。

アメリアは焼きラーメンと言ったが、リサに言わせてもらえばソース焼きそばだ。

食べてみると、いい香りのソースが麺に絡んで、抜群においしい。野菜もシャキッと炒めてあって、ふんわりとした麺に合っている。

ちらりと観客席の方を見れば、ルトヴィアスとハウルが祈るような目で審査を見守っていた。

リサの教え子の中でも、アメリアを含む三人は、ひときわ思い入れが強い生徒だった。贔屓《ひいき》しているわけではないが、彼らとは何かと関わりが深い。特にルトヴィアスとアメリアは、料理科ができる前からカフェ・おむすびに来てくれていた。

今ではすっかり大人びた彼らだが、体だけでなく料理の腕前もずいぶん成長した。

その三人の中で、最も柔軟な発想をするのはアメリアだ。型にとらわれない性格がそうさせているのだろう。

技術面ではハウルやルトヴィアスが勝っているが、アイデア力はアメリアが一番。

それが今回の料理コンテストでも遺憾《いかん》なく発揮されていた。

「とっさにこれを考えたのか……すごいな」

小さく呟《つぶや》かれた声はマキニスのものだった。彼もアメリアがトラブルに見舞われたところを見ている。そこから方向転換して時間内におやきを作り上げた彼女に感心していいるらしい。

自分の生徒が褒められて嬉しくない教師はいない。

リサはアメリアの成長を改めて感じ、とても誇らしい気持ちだった。

「それでは皆さん、そろそろ点数の記入をお願いします」

司会者に促《うなが》され、点数をボードに書き込む。

次はいよいよ、最後の参加者の料理だ。

「ではエルミーナさん、料理の説明をお願いします」

「はい。わたくしが作りましたのは、お米入りのロールシューゼットと、ケールのクリームパスタです」

ケールは鮭に似た魚で、エルミーナの出身国ニーゲンシュトックではよく食べられている。

「まず、お米入りのロールシューゼットから詳しく教えてもらえますか？」

「ええ。この料理を考えたのは、シチューとお米がよく合うと思ったからです。わたくしはリサ様の考えた、ミルクを料理に使うという手法が、とても画期的だと常々思っておりまして。それを活かした料理を作りたいと考えました。そして、お米とミルクを使った料理を……と思った時、このお米入りのロールシューゼットを思いついたのです」

「なるほど。エルミーナさんはリサ氏をとても尊敬していらっしゃるんですね」

「ええ、もちろんですわ！　リサ様のレシピ集は何にも勝る教科書です！」

「アシュリー商会から発売されているレシピ集は、今や料理人のバイブルと言っても過《か》言《ごん》ではないですからね。エルミーナさんも愛用者のお一人だったのですか！　次に、麺料理についても教えてもらえますか？」

「ニーゲンシュトックではケールをよく食べます。通常は焼いて食べるのですが、今回はパスタにしてみました。ケールにもミルクはよく合いますので、クリームパスタにいたしましたの」

「パスタ自体も手作りされてましたね」

「わたくし、パスタ作りは得意なものですから！」

「得意料理で挑んできたんですね！　では、試食と参りましょう」

エルミーナのロールシューゼットとパスタが運ばれてきた。

リサは、それをまずじっと観察する。どちらもクリームベースの料理で、見た目は白い。

先にロールシューゼットから試食した。シューゼットの中には、お米と挽肉《ひきにく》、細かく刻んだ野菜が入っている。塩味が強めのクリームスープによく合っていて、とてもおいしい。

元の世界でロールキャベツといえば、挽肉《ひきにく》と野菜をキャベツで包んだものだった。その歴史は古く、世界各地で食べられており、具材も国によって違う。

中にはエルミーナの作ったもののように、お米を入れるものもあった。ロシア料理のガルブツィや、トルコ料理のドルマなどがそうだ。

お米とシチューが合うという観点から、ミルクベースのスープで煮込んだのも非常に良い。

続いてパスタも食べてみる。

スライスしたケールと玉ねぎに似たニオルを使った、シンプルなクリームパスタだ。

乾麺ではなく、エルミーナが作った生パスタを使っているため、とてももちもちしている。

地球ではフェットチーネと呼ばれる幅のある平打ち麺だ。それがクリームソースとよく絡んで、食べやすくはあるのだが……

──おいしいだけに、もったいないな……

リサはエルミーナの料理を食べて、率直にそう思った。ロールシューゼットもパスタもそれぞれおいしい。ただ、どちらもクリームベースで、同じような味なのだ。

どちらかを違う味付けに変えたら、それぞれの良さが引き立ったのに。そう思うと、実にもったいなく感じる。

「特別審査員の皆さん、点数の記入をお願いします。また、一般審査員の方も投票に入っていただきます。事前にお配りした紙に、最も良かった参加者の番号をお書きください。ランダルさんは一番、アメリアさんは二番、エルミーナさんは三番です」

すべての試食が終わったところで、一般審査員も投票に入る。結果が気になる観客たちが、がやがやとし始めた。

リサたち特別審査員が点数の記入を終えると、ボードが回収される。

回収しに来たのは、コンテストが始まって以来、姿を見せなかったキャロルだ。ボードを回収する際、リサに向かってウィンクしていったのは、キャロルらしいなぁと少し笑ってしまった。

キャロルはアレクシスと小声で何かを話してから、テントの奥へと消えていく。表立って進行しているのは司会者の男性だが、キャロルも裏方としていろいろ動いているのだ。

コンテストを滞《とどこお》りなく進行するために、他のアシュリー商会の人たちも、たびたびステージとテントを行き来していた。その指示もキャロルが出しているのなら、リサたち以上に忙しいだろう。

一般の審査員からも投票の用紙が集まり、これから集計に入るようだ。

「本日、参加者の方々に作っていただいた料理のレシピは、後日アシュリー商会より販売させていただく予定です。味が気になっている方は、是非ご家庭で作ってみてください。なお、アシュリー商会本社の直営店に特設コーナーを設ける予定ですので、ご来店をお待ちしております」

このコンテストの目的は食材の普及と販促だ。よってアシュリー商会の宣伝も欠かせない。観客の中に、実際に作ってみようと思ってくれる人がたくさんいたら良いなとリサは思う。

「さあ、審査の結果が出たようです！」

職員から結果の書かれた紙を渡された司会者が声を張り上げる。

いよいよコンテストの優勝者が発表される時が来た。

第二十章　結果発表です。

司会の男性が、参加者の三人を広場の中央に呼び、横一列に並ばせた。

リサたち特別審査員も座っていた椅子から立ち上がる。

「では、皆様お待ちかねの結果発表に参りたいと思います。まずは第三位から発表いたします」

そう言って一呼吸置き、司会者が結果の書かれた紙を広げた。

リサはちらりと三人を見る。ランダルは静かな表情を浮かべてじっとしており、アメリアは不安そうな顔で祈るように両手を組んでいる。エルミーナは毅然《きぜん》とした態度だが、体の横にある手をきつく握りしめていた。

司会者が、すうっと息を吸い込み、大きく口を開く。

「第三位！　合計三十三点！　エルミーナ・アーレンスさん！」

会場がわあっと沸く。その瞬間、エルミーナは悔しそうに顔を俯《うつむ》かせた。

観客の歓声が収まったところで、司会者が続ける。

「次は第二位の発表です。ここで呼ばれなかった方が優勝者となりますからね。では、第二位は――」

もったいぶるように溜めを作り、思わせぶりにランダルとアメリアを交互に見る。

そして――

「合計四十一点！　アメリア・イディールさん‼」

呼ばれたアメリアは残念そうな顔を見せると同時に、安堵するように大きく息を吐いた。

「従って、第一回アシュリー商会主催、料理コンテストの優勝者は、ランダル・ヒュアードさん！　合計四十九点でダントツでした！　おめでとうございます!!」

今日一番の歓声と拍手が沸き起こる。ランダルは少し照れたように破顔《はがん》した。

「優勝したランダルさんには、アシュリー商会代表アレクシス氏より、記念の楯《たて》と副賞の目録が授与されます」

ランダルの前まで進み出たアレクシスが、補佐役の職員から受け取った楯《たて》をランダルに手渡す。握手を求められたランダルは、その手をしっかりと握った。

「おめでとう！」

「ありがとうございます！」

がっちりと握手した二人に、拍手が一層大きくなる。

最後に副賞の目録を手渡すと、アレクシスは下がった。

「ランダルさんからのコメントの前に、まずは今回の総評を特別審査員のリサ氏よりお聞かせ願います」

いきなり振られたリサは、驚いて目を瞬《またた》かせた。しかし、司会者がぐいっと口元に拡声器を近づけてきたので、戸惑いつつも口を開く。

「えー、まずは参加者の皆さん、お疲れ様でした。第一回目の料理コンテストでしたが、皆さんとてもレベルが高く、どの料理もおいしかったです」

リサの言葉に、会場中の人々が耳を傾ける。

「ただ、今回こうして順位がついたのには、いくつかの要因があると私は思っています。それは、食べる人のことを考えた料理かどうか。その点が、この結果に大きく影響したのではないかと考えました」

「えーっと、具体的に言いますと？」

司会者が詳しい説明を求めてくる。それに小さく頷《うなず》いてリサは続けた。

「優勝したランダルさんの料理は、この時季でも食べやすいような工夫がされていました。適度な辛さと酸味を加えることによって食欲を刺激し、また冷製にすることによって、暑い時でも食べやすくする……。料理とは食べる人あってのもの。ランダルさんはプロの料理人としてお仕事されていますから、日頃からそういう意識をお持ちだったのではないかと思います」

「なるほど！　他の二人の料理はどうでしたか？」

「アメリアさんの料理は、一つの料理でも具材を変えることで、食べる人が飽きずに楽しめる工夫がされていましたね。ただ、途中でミスがあったのは残念です。料理には慎重さも求められますからね。とはいえ、トラブルがあっても諦《あきら》めず、即興でレシピを考える。そのアイデア力は素晴らしいと感じました。エルミーナさんも、一つ一つの料理はとても良かったです。パスタに関しては、もうひと工夫あればもっと良かったんですが……。そして、それ以上にもったいないのは、二つの料理のテイストが似ていたことですね。どちらかの味付けを変えたら、それぞれの良さが引き立ったと思います。同じような味の料理が続くと食べる人が飽きたり、味がぼやけたりします。そういったところを学んでいけば、もっと素敵な料理が作れるのではないでしょうか」

「とても興味深い言葉ですね。リサ氏、ありがとうございました。では、最後にランダルさんから喜びの言葉をいただきましょう」

司会者がリサから離れ、ランダルのもとへ向かう。

拡声器を向けられたランダルは、戸惑いがちに口を開いた。

「えー、この度は選んでいただきありがとうございました。まさか優勝するとは思っていなくて驚きましたが……。あの、今日作った料理は、どれも私の雇い主の要望から生まれたものです。なので、リサさんが言っていた『料理は食べる人あってのもの』という言葉の意味がとてもよくわかります。今日優勝できたのも私一人の力ではありません。ですから、この栄誉は私の雇い主であるマスグレイブ公爵に……」

そう言ってランダルは会場の一角に視線を向けた。

そちらを見れば、マスグレイブ公爵とニコラスが立っている。公爵はフッと笑うと、ランダルに向かってゆるりと手を振った。

「それと、もう一つ。この副賞の……出店の権利ですが、こちらは辞退いたします」

ランダルの言葉に会場がざわめく。せっかく優勝したのに、まさか副賞を辞退するとは驚きだ。

「辞退ですか⁉」

司会の男性が焦ったように尋ねた。

「はい。私はスーザノウルで公爵の専属料理人をしています。そちらを辞めるつもりはありませんし、出店の権利があっても使う予定はないので……」

「これはまた、予想外の事態ですね……」

司会者が助けを求めるように、アレクシスに視線を向ける。

そこで、ランダルが「あっ！」と声を上げた。

「あの、この副賞を二位のアメリアさんに譲《ゆず》ることはできないでしょうか？　彼女ならフェリフォミアに住んでいるわけですし、将来の選択肢として活用できるんじゃないかと」

これに最も驚いたのはアメリアだろう。ぽかんとした顔でランダルを見上げている。

「み、皆様、少々お待ちください」

ざわつく会場に一声かけて、司会者が後ろに下がる。そこにはキャロルとアレクシスもいて、副賞について緊急の話し合いが行《おこな》われていた。

しばらくして司会者が元の位置に戻ってくる。

「お待たせいたしました！　審議の結果、副賞の出店の権利をアメリアさんに譲《ゆず》るということについて、問題ないと判断いたしました！」

「じゃあアメリアさん、これを」

そう言ってランダルが副賞の目録をアメリアに差し出す。

「え、え!?　本当にいいんですか!?」

「うん、君ならきっと上手く使ってくれそうだから」

「あの、ありがとうございます……!!」

アメリアは感激したように何度も頷《うなず》き、少し震える手で目録を受け取った。

「ということで、副賞であるアシュリー商会出資のもとで出店する権利は、アメリア・イディールさんに譲渡《じょうと》されました！　おめでとうございます!!」

会場から再び拍手と歓声が沸き起こる。その中からひときわ大きい声で「アメリア、

おめでとー！」と聞こえてきた。

それは最前列にいるルトヴィアスとハウルの声で、アメリアはすぐに気付いたのか、そちらに向かって副賞の目録を掲《かか》げると嬉しそうに笑う。

「それでは、これにてアシュリー商会主催、第一回料理コンテストを閉会したいと思います。参加者の皆様、そして、お越しくださった皆様、本日はありがとうございました！」

司会者の言葉に、大きな拍手が送られる。

こうして、料理コンテストは大盛り上がりのうちに終了したのだった。

第二十一章　祭りの後です。

コンテストが終わると、観戦に詰めかけた人々は帰っていく。会場にあるアシュリー商会の特設店舗も店じまいを始めたことで、目当ての商品がある人たちは中央通りの本店に流れているようだ。

会場にはコンテストの関係者だけが残っていた。

「リサちゃん、大成功だったわね～！」

今日は裏方に徹していたキャロルが満ち足りた表情で言う。

「大きなトラブルもなくて良かったです」

「本当、ありがとう～！　裏で聞いていたけど解説もバッチリだったわ！　さすがリサちゃん！」

「いやいや、結構いっぱいいっぱいだったんですよ、これでも」

司会者に突然話を振られ、戸惑ったりもした。けれど、コンテストの主役はあくまで参加者の三人だ。リサなりにコンテストを盛り上げようと必死だった。

その主役三人はといえば――

「お父さんおめでとう!!　すごい!!」

ランダルは料理科に通っている娘のシェーラに抱きつかれ、祝福されていた。どうやらシェーラも父親の雄姿《ゆうし》を会場で見ていたらしい。料理人を志《こころざ》す立場としても見応えのある時間だったことだろう。

一方、ランダルはなかなか会えない娘が手放しで喜んでいる姿にデレデレとしている。彼にとっては優勝したことへの一番のご褒美《ほうび》かもしれない。

マスグレイブ公爵とニコラスは、そんな親子の交流を少し離れた位置で見守っていた。

一方、アメリアの方はというと――

「やったな、アメリア！」

「おめでとう!!」

最前列で観戦していたルトヴィアスとハウルから笑顔で祝福され、アメリアは副賞の目録を抱えて頷《うなず》いた。

「二人とも応援してくれてありがとうね！　結果は二位だったけど……」

アメリアは念願の出店の権利は手に入れたものの、残念ながら優勝はできなかった。

「二位でもすげぇよ！　あんなに大勢の人の前で料理して、それで二位だぞ！」

「そうだよ！　すごかったよ！」

「ルト、ハウル……」

目をキラキラさせて賞賛する二人に、アメリアは胸がじんと熱くなり、目録をぎゅっと抱え込む。

その時、後ろから近づいてくる人の気配がした。

「んんっ」

わざとらしい咳払いの音にアメリアが振り向くと、エルミーナが少し視線を逸《そ》らして立っている。

「えっと、エルミーナ……お疲れ様」

なんと声をかけて良いか、アメリアは迷う。エルミーナの目が赤いところを見るに、きっと悔しくて泣いたのだろう。

アメリアも優勝できなかったのはもちろん悔しい。けれど、それよりもトラブルを乗り越え、料理を作りきった達成感の方が大きかった。

「三位だったのは悔しいですが、あなたにもランダルさんにも完敗でした。リサ様の言うことも、もっともでしたし……」

エルミーナはそう言ってしゅんとする。

アメリアの後ろではルトヴィアスが「リサ様!?」と言って、ハウルに口を押さえられていた。二人はエルミーナと初めて会うため、彼女がリサの大ファンだということを知らないのだ。

「私も優勝はできなかったけど、それでも今できることを精一杯やったと思う。だから今は悔しさもあるけど、すがすがしい気持ちだよ」

アメリアはヘタなことは言わず、今の率直な気持ちをエルミーナに話した。

するとエルミーナも少し励まされたのか、表情を和《やわ》らげる。

「そうですわね。力は出し切りました。その結果、まだまだ自分には足りないものがあったと言うことですわね」

エルミーナは顔を上げる。前向きな気持ちが出てきたようだ。

「うん。まだまだだよ！　もっといろんな食材や料理を知って、いろいろと作れるようになりたいんだ、私」

「それはわたくしだって同じです！」

アメリアの言葉に、エルミーナも負けじと力強く言った。

それが少しおかしくて、アメリアはふふっと笑う。

「じゃあ、お互い頑張らないと」

「……ええ。でも――」

エルミーナは力強い目でアメリアを見つめた。

「今回はわたくしが負けましたけど、次はあなたよりもおいしい料理を作ってみせます！」

それを聞いてアメリアも表情を引き締める。

「私だって、その時はもっとおいしい料理を作れるようになってるから！」

宣言するようにアメリアが言うと、どちらからともなく手が前に出た。

その手をがっしりと握り合う。

アメリアの手もエルミーナの手も、少しカサつき皮が厚くなっている。女の子としては恥ずかしいが、料理人としては誇りに感じる手だった。

同い年のアメリアとエルミーナが握手している姿を、リサは微笑ましく見守っていた。カフェで出会った二人は、あまり友好的な雰囲気ではなかったが、コンテストを戦ったことでいいライバル関係になったようだ。

隣にいるキャロルは感動したのか「戦って芽生えた女の友情！　素敵だわ！」と涙している。

そこへジークがやってきた。

「リサ」

「ジーク、お疲れ様」

キャロルと共に裏方としていろいろとやってくれていたジーク。

リサは笑顔で彼を労《ねぎら》うが、ジークはリサの顔を見て険《けわ》しい表情になった。

「リサ、顔が赤いぞ。熱があるんじゃないか？」

「え？」

ジークの言葉に両頬を押さえるリサ。確かに少し熱い気がするが、気になるほどではない。

「日焼けか、ちょっと火照《ほて》ったのかな？」

特別審査員の席は屋根があったので、日差しは遮《さえぎ》られていた。けれど、結果発表の時など要所要所で日向《ひなた》に出ていたので、そのせいかもしれない。

「あら、本当ね。リサちゃん顔が赤いわよ。体調は大丈夫？」

キャロルもリサの顔をまじまじと覗《のぞ》き込んで心配そうな顔をした。

「体調は別に……。少しお腹が空いているくらいですかね？」

コンテストの審査で試食はしたが、どれも量が少なかった。昨日の朝のように気持ち悪くはなっていないけれど、少し何か食べたい感じはする。

首を傾げるリサに代わり、ジークがキャロルに説明した。

「最近、異様に食欲があって、空腹だと気持ち悪いらしいんです」

「まあ、それって……」

キャロルは思い当たることがあるのか言葉を濁《にご》す。そして、表情をパッと明るくして再び口を開いた。

「今日はリサちゃんもジークくんも早く帰りなさい！　そして、明日にでもちゃんとお医者様にかかるのよ」

「え、でも片付けが……」

「ここまで協力してくれたんだから片付けくらいこっちでするわ！　ほら、帰った帰った」

キャロルに背中を押され、リサは戸惑う。けれど、ジークは帰るのに賛成のようで「じゃあ、ありがたく」と帰り支度を始めてしまった。

キャロルはパンパンと手を叩くと「さっさと片付けるわよー！」とアシュリー商会の職員を集め、テキパキと撤収作業を始める。

後ろ髪を引かれながらも、リサはジークと共にコンテスト会場を後にした。


そして翌日。

「……はい？」

リサは医師に言われたことが理解できず、目を瞬《またた》かせた。

「ですから、妊娠されてますよ。おめでとうございます」

人好きのする笑みを浮かべた老年の男性医師が、リサにそう告げる。

——妊娠……

「え……」

ようやく医師の言葉が頭に入ったリサは、まだなんの膨《ふく》らみもないお腹に思わず手を当てた。

――ここに赤ちゃんがいるんだ……

そして、椅子に座ったままハッと顔を上げる。

横を見上げたら、そこに立っているジークは、いつも以上に無表情だった。

「ジーク、赤ちゃんできたって」

彼の手に優しく触れて言うと、ジークはようやくリサに視線を向ける。

そして、無言のまま膝《ひざ》をつき、ぎゅっとリサに抱きついた。

「ジーク？」

「すごく嬉しい……」

しみじみとした声で呟《つぶや》くジークに、リサの胸にもじわじわと喜びが湧き上がる。

お腹に新しい命が芽生えたこと。そして、それを夫であるジークがこんなに喜んでくれていること。

今までは自分一人の体だったのに、お腹の中に尊《とうと》い存在がいるという事実が、染み入るように心に広がっていく。

そこで、ジークがハッとしたようにリサから体を離した。

「俺、ギルさんとシアさんに知らせてくる」

そう言って、部屋を出ていってしまう。そんなジークの行動を、リサはぽかんとしながら見送った。

クスクスと笑う声でリサも我に返る。そちらを向くと、医師が微笑ましげな表情を浮かべていた。

「今まで何組もの夫婦におめでたをお伝えしましたが、この瞬間はいつも嬉しいものですな」

医師は笑みを深めて言う。

「あの、でも、未だにわからないのが、これまでの異常な食欲のことなんですけど……」

「それは妊娠初期の症状ですな」

「普通、食欲がなくなるものなんじゃ……」

「それが一般的ですが、逆の場合もまれにあるんですよ。食べ悪阻《づわり》というやつですな」

「そうなんですか」

悪阻《つわり》の一種だなんて想像もしていなかった。仕事柄、食べられなくなるのは大打撃なので、普通の悪阻《つわり》でなくて良かったと思う。

もしかしたら、生まれる前からとても母親思いの良い子なのかも……と思って、リサはそっとお腹を撫《な》でてみる。

「とはいえ、際限なく食べると出産に良くないですから、気をつけてくださいね」

「はい」

赤ちゃんに栄養が必要だからといって食べすぎるのは良くない。それに、妊娠中に太りすぎると出産後に戻すのが大変だと聞いている。

その後も医師から妊娠中に気をつけるべきことを聞いていたのだが、急に部屋の外が騒がしくなってきた。

バタバタと廊下を走る音が次第に大きくなり、次の瞬間、バァンと部屋のドアが勢いよく開かれる。

「リサちゃん！　おめでとう!!」

真っ先に入ってきたのは、養母のアナスタシアだった。

ゼエゼエと息を切らしながらも、嬉しそうな顔でリサのもとにやってくる。

「ありがとうございます。シアさん、おばあちゃんになっちゃいますね」

「そうね！　ふふふ、女の子かしら、男の子かしら」

「さすがに気が早いですよ」

「だって、楽しみだもの〜！」

まだぺたんこのお腹に視線を向けながら、ニコニコと笑うアナスタシアに、リサも破《は》顔《がん》する。

それから間もなく、「リサちゃーん!」という声と共に、少し足を引きずりながらギルフォードが到着した。

「ギルさん、足が……!?」

ぎょっとするリサだが、当のギルフォードはそれどころではないようだ。

「リサちゃん、おめでとう! 嬉しいよー!!」

笑顔のアナスタシアとは対照的に号泣《ごうきゅう》している。

「ギルったら、ジークくんから知らせを聞いた時、驚きのあまりテーブルに足をぶつけちゃってね。呆れて、そのまま置いてきちゃったわ」

アナスタシアは、そう言って肩を竦《すく》めた。どうやら泣いているのは、足をぶつけたからでもあるようだ。

どうにも格好のつかないギルフォードに、リサは小さく笑う。

医師も困った顔をして「ギルフォード様にも診察が必要ですかな?」と声をかけていた。

やがてジークも戻ってくる。

肩に置かれた彼の手に、リサは手を重ねた。

「そうとわかれば、子供部屋を作らないといけないね！」

「そうね！　あと、赤ちゃん用の服も用意しなきゃだわ。ああ！　せっかくだし新しいブランドを立ち上げちゃおうかしら！」

「二人とも気が早すぎますよ」

先走るギルフォードとアナスタシアに、リサはクスクスと笑う。

宿ったばかりの小さな命に、大人四人が今からそわそわしている。全員の顔が盛大に緩《ゆる》み、笑うことしかできない状態だ。

夏の終わりに訪れた嬉しい知らせ。

クロード家はこれからますます賑《にぎ》やかになりそうだった。

エピローグ

「コンテストに参加した諸君、お疲れ様。みんなよく戦ってくれたな。私は誇らしいぞ！」

マスグレイブ公爵がグラスを掲《かか》げ、演説するように言う。

「ウィルフレッド様、あなたは特に何もしてないじゃないですか」

すかさずニコラスからツッコミが入った。

今リサたちがいるのは、カフェ・おむすび本店。

本来は休業日なのだが、今日はここに料理コンテストの参加者たちが集まっていた。

というのも、これからナツァナを使った料理の試食会をするのである。

自分も試食したいというマスグレイブ公爵たっての希望で彼とニコラスとランダルをカフェに呼んだのだが、ランダルがせっかくだからコンテストで共に戦ったアメリアとエルミーナにも食べさせたいと言い出した。

すると、アメリアについてルトヴィアスとハウルもやってきた。さらにランダルは娘のシェーラも呼び、結果、休日にもかかわらず、カフェの店内にはそこそこの人数が集まることになった。

「皆さーん、できましたよ～」

そう言ってオリヴィアとデリアが厨房《ちゅうぼう》からお皿を運んでくる。

「うわぁ、おいしそう！」

湯気の上がる出来立ての料理にアメリアが目を輝かせた。

そこに厨房《ちゅうぼう》からリサとジーク、ヘクターも出てくる。

「お待たせしました～」

リサが早く試食したくてそわそわしている面々に笑顔で言った。

「マスグレイブ公爵にスーザノウルから持ってきていただいたナツァナを使って、酢豚を作りました。まあ、あれこれ言うよりもまずは食べてもらった方が早いかな？」

リサの言葉を受けて、ジークがお皿に取り分けていく。

全員に行き渡ったところで、食前のお祈りをしてから「いただきます」と頬張《ほおば》った。

「ん～、甘酸っぱいソースがお肉と絡んでおいしい！」

アメリアが身もだえしながら感想を口にする。

「これはランダルの作る炒め混ぜご飯に通ずる味だな！　酸《す》っぱいのと甘いのとしょっぱいのが混ざっている」

マスグレイブ公爵はランダルの作るナシゴレンと同じような印象を受けたようだ。

「ところでナツァナは……？」

あまり感じないナツァナの味に、ニコラスは首を傾げる。

「ちゃんと入ってますよ、ほら」

リサは自分の取り皿に入っているナツァナを箸《はし》で摘《つ》まんで見せる。琥珀色《こはくいろ》のソースがかかっているためわかりにくいが、よく見ればくし切りにしたナツァナだとわかる。

「本当に入ってたんですね……！」

ニコラスが驚いたように呟《つぶや》いた。

「料理にナツァナを入れるという発想がすごいですね。味がまろやかになっている気がします」

ランダルの言葉にリサは頷《うなず》く。

「ナツァナは酸味と甘みがある果物なので、ソースの味をまろやかにするにはうってつけなんです。砂糖や花蜜《はなみつ》を使うよりも自然な風味になりますからね。あと、ナツァナにはお肉を柔らかくする効果もありますから、お肉料理にはぴったりなんですよ」

「なるほど、それは理に適《かな》ってますね」

ランダルはリサの説明に深く感心したようだ。

「さすがリサ様ですわ！　わたくしはリサ様の作る料理を食べられるだけでも感激しております！」

エルミーナは他の人たちとは違う方向で感激しているらしい。

その言葉を聞いて、リサは苦笑する。

「あー、エルミーナちゃん」

「はい！」

「実はね、これを作ったのは私じゃなくてジークなの」

衝撃の事実に、エルミーナは驚きのあまり変な声を上げた。

「ふぁっ⁉」

「今のリサに、あまり無理はさせられないからな」

「無理って、料理くらい大丈夫だってば……」

ジークの言葉にリサは少し困った顔で答える。

「リサ先生、何かあったんですか？」

ハウルがリサとジークのやりとりを見て、心配そうに声をかけてきた。

「えっと、実はね――」

リサは少し恥ずかしくなり、視線を泳がせてから口を開く。

「妊娠しておりまして……」

おずおずと言うと、店内が一瞬しーんとする。カフェのメンバーにもまだ話していなかったのだ。

ややあって、「おめでとう」と一斉に声が上がった。

「ほら、ニコラス！　だから言っただろう。リサ嬢が丸くなったと！」

「丸くなったって……それだけじゃなんのことかまったくわかりませんよ」

マスグレイブ公爵が先日リサに言った「丸くなった」というのは、どうやらリサの変化に彼なりに気付いてのことだったらしい。

しかし、ニコラスの言う通り、それでわかるわけもない。

リサはマスグレイブ公爵の天然っぷりに苦笑した。

「リサさん、おめでとう」

「私たちは経験者だから、何かあったら相談に乗りますからね！」

オリヴィアとデリアが揃って声をかけてくれる。すぐそばに妊娠と出産の経験者がいるというのはとても心強い。

「まずは、旦那さんがやるべきことをジークくんに教えないと！」

オリヴィアは気合いの入った顔でジークの方を向く。リサはそれに「お願いします」と笑った。

「リサ先生、おめでとうございます！」

「リサ先生とジーク先生の赤ちゃんか……」

「楽しみですね～！」

ハウル、ルトヴィアス、アメリアが祝福の言葉を贈ってくれる。

「三人ともありがとう」

リサはお礼を言いながら、ふと未来の光景が頭に浮かんだ。

リサやジークがこの三人に料理を教えたように、今度は彼らがお腹の中の子に料理を教える時が来るかもしれない。

そんな素敵な未来の光景に、自然と微笑みが浮かんでくる。

「ルトくんにはもしかしたら、今後のカフェの仕事で迷惑をかけちゃうかもしれないけど……」

ルトヴィアスは秋からカフェ・おむすびのメンバーになることが決定している。出産までは彼にもいろいろと負担をかけることになるかもしれない。

そう思ってリサが言うと、ルトヴィアスはキリッとした顔で応《こた》えた。

「任せてください!!」

力強いその言葉に励まされ、リサは明るく笑う。

「うん、期待してるよ！」

数年前、この世界の食事のまずさに絶望したリサはもういない。

食文化を良くしようと少しずつ蒔《ま》いた種は着々と芽生えてきている。

創設した料理科から生徒が旅立ち、料理の腕を競うコンテストまで開催された。

さらに、そうした動きはフェリフォミアだけに止《とど》まらず、他国にも広がりつつある。

おいしい料理がいろんな人を笑顔にしていく。
それはとても素敵で幸せな光景。
リサは今の温かい気持ちを伝えるように、まだ目立たないお腹を優しく撫《な》でた。

ある少年たちの卒業

「っああー……!!」

書きかけの文字をペンで塗りつぶし、少年は勢いよく机に突《つ》っ伏《ぷ》した。授業の終わった教室には彼一人。机の上には本や紙が積まれている。

少年の名はルトヴィアス・アシュリー・マティアス。料理科の三年生だ。

今は卒業課題の真っ最中。

夏に卒業を迎える彼らに課されたのは、オリジナルレシピの作成だった。決まったレシピに沿って教わるだけの授業とはまったく違い、ルトヴィアスは頭を悩ませていた。

こうして放課後の教室に残って考えているものの、進みはあまりよろしくない。何か思いつかないかと本や教科書を読み返しては、アイデアを書き出しているが、なかなか形にならずにいた。

「あれ？　ルト？」

不意に呼びかけられて、ルトヴィアスは顔を上げる。水色の前髪の間から見えるのは、よく見知った顔だった。

「ハウルも残ってたのか」

顔にかかった前髪を適当に払いながら、ルトヴィアスは答える。

「うん。ちょっとキース先生と話してた」

優しげな顔で言う彼はハウル・シュスト。ルトヴィアスの友人で、同じ料理科の三年生だ。

ハウルは教室の入り口からルトヴィアスの席に歩いてくると、ちらりと机を覗《のぞ》き込む。

「課題、進んだ？」

「いやぁ……」

ルトヴィアスの手元の紙は雑多なメモ書きでぐちゃぐちゃだ。しかも、ほとんどが×印で消してある。それを見れば進んでいるかどうかは一目瞭然《いちもくりょうぜん》で、ハウルは苦笑する。

「アメリアも残ってるの？」

「いや、あいつは料理コンテストに向けて、もっとレシピを練るって言って先に帰った」

薄情な幼なじみの顔を思い出して、ルトヴィアスはムスッとした。

アメリアも同じ課題に取り組んでいるが、彼女はこういったひらめきが必要とされることを得意としている。ルトヴィアスとは違って、すでにレシピが形になっていた。

それにアメリアは、この夏に行《おこな》われるアシュリー商会主催の料理コンテストにも参加する。卒業課題のテーマは醤油か味噌を使ったレシピで、コンテストの一次審査の課題もそれと同じであるため、より良いものにしようと準備に余念がないようだ。

「ハウルの方はどうなんだよ」

「僕はだいたい固まってきたかな」

「あー、やっぱそうだよな……お前ってそういうとこちゃっかりしてるっていうか、なんというか……」

真面目で賢いハウルは、要領もいい。ルトヴィアスやアメリアが悩んでいる時も一人冷静で、なんでもしれっとこなしてしまう。そんなところが羨《うらや》ましくもあり、時に憎らしくもあった。

「ルトはそう言うけど、アメリアみたいにすぐ思いついたわけじゃないし、僕だって苦労してるんだよ。さっきキース先生に相談しに行って、ようやく決まったって感じだし」

「でも、何も浮かばない俺よりマシじゃんか……あーどうしよ」

本も教科書も一通り見たが、どうにもピンとこない。よさそうなレシピをアレンジすれば……と思ったりするものの、どれもありきたりのように思えて、どんどんドツボにはまっている気がした。

どんよりと沈むルトヴィアスを見て、ハウルが困ったような表情を浮かべる。

「僕にできることなら助けるけど、ここまできたら自分でどうにかするしかないだろうし……」

「わかってるよー……」

再び机に突っ伏《つっぷ》したルトヴィアスは、くぐもった声でぼやく。

ハウルの言う通り、すでにハウルやアメリアと一緒に考えるという段階は過ぎている。

あとはルトヴィアス自身がなんとかするしかない。

「とりあえず今日はもう学校も閉まっちゃうし帰ろう。片付け手伝うから」

「そうだな」

帰宅を促《うなが》すハウルの言葉に、ようやくルトヴィアスも顔を上げる。机の上に散らばった紙や本を片付けて、ハウルと共に帰路につくのだった。

その後もいいアイデアが浮かぶことはなく、数日が過ぎた。

卒業まで二ヶ月を切った。

残り少ない料理科の授業は、仕上げと言わんばかりに難度を増している。講師たちもできるだけ多くの知識や技術を詰め込もうと、指導に熱が入っていた。

そんな授業の中に何かヒントが……と考えるルトヴィアスだったが、今はついていくのに必死でその余裕もない。

生徒たちが卒業後に職場で困らないようにと、リサたちも必死に教えてくれている。その厳しさは愛の鞭《むち》なのだろうが、それを受ける方は毎回授業が終わるとヘトヘトだった。

「あー、みんなちょっといいかー?」

今日の最後の授業である調理の時間。料理を作り終えて、ぐったりとしながら片付けをしている生徒たちに、教壇《きょうだん》に立つ講師のキースが呼びかけた。

生徒たちが作業の手を止めて視線を向けると、彼は再び口を開く。

「えー、明日は急遽《きゅうきょ》、特別授業を行《おこな》うことになった」

突然の発表に生徒たちがざわめく。

「驚くのも無理はないが、ちょっとした息抜きも兼ねた楽しいものだから安心しろー。全学年の合同授業として一日通してやるからな。……ってことで、明日の朝は大広間に集合だから間違わないように!」

そこまで話すと、キースは「片付けが終わったやつから帰って良いからなー」と言って話を終えてしまった。

生徒たちは片付けを再開しつつも、明日の特別授業が気になり、教室内が騒がしくなる。

「何やるんだろうね、明日」

洗い上がった調理器具を布巾《ふきん》で拭くアメリアが、ルトヴィアスに話しかけてきた。

ルトヴィアスはシンクで鍋をジャブジャブ洗いながら答える。

「まったく想像つかないな。全学年合同って初めてじゃないか？」

料理科は一学年二十人。三学年合わせても、六十人しかいない。他の学科に比べたらとても少ないのだが、全学年合同で何かをすることは今までなかった。

キースは急遽《きゅうきょ》と言っていたが、初めての試《こころ》みなのに大丈夫なんだろうかとルトヴィアスは不安に思う。

けれど、内容によっては卒業課題のヒントが得られるかもしれない。未だにオリジナルレシピの形がまったく見えず、もう藁《わら》にもすがりたい気持ちなのだ。

いっそのこと、とんでもないハプニングでも起きて、それをきっかけに驚くようなひらめきが浮かんでこないかな、などと考えてしまう。

「明日になったらわかるから、とりあえずここを片付けよう」

ハウルの声に、ルトヴィアスはハッとする。いつの間にか考え込んでしまい、手が止まっていたらしい。

鍋の泡を落とすために蛇口を捻《ひね》ると、水の出が良すぎて、鍋に当たった水がアメリアの方へと撥《は》ね返った。

「ちょっとー!! ルトー!!」

慌てて布巾《ふきん》でガードしつつも、アメリアが目尻をつり上げて怒る。ルトヴィアスはすぐに蛇口を閉めたので、それほど水はかかっていないはずだが、あまりの剣幕に怯《ひる》んで謝った。

「わ、わるい……」

「もう！　気をつけてよね！」

「へいー……」

不注意だったのは悪いが、そんなに怒らなくても……と思いながら、ルトヴィアスは慎重に水を出して鍋をすすぐのだった。

翌朝、料理科の生徒たちは大広間に集まっていた。長テーブルの椅子に座って始業の鐘を待っている。

ルトヴィアスたちが入学した当初、料理科は一年生の二十人しかいなかった。建てられたばかりのピカピカの校舎の中でも、ひときわ広く感じた大広間。それが今や後輩がたくさん増え、少し狭く感じる。

「本当に何するんだろうね」

ルトヴィアスの隣に座るアメリアがそわそわしながら呟《つぶや》く。

コック服を着るように指示されたから、調理をすることだけは確かだ。

——でも、なんで全学年合同なんだ……？

ルトヴィアスは首を傾げる。

学年によってカリキュラムは違う。当然、学んできた知識も技術も違う。特に一年生と三年生ではレベルが段違いだろう。

なのに、なぜ全学年合同なのか。調理をするとしたら、なおさら学年別にした方が効率がいいのではないか。

そんなことをつらつら考えていると、授業開始の鐘が鳴った。

リサを先頭に、講師たちが大広間に入ってくる。

「皆さん、おはようございます」

リサが挨拶《あいさつ》をすると、生徒たちもパラパラとそれに応《こた》えた。

静かになった生徒たちに笑みを浮かべて、リサは説明を始める。

「さて、本日は急遽《きゅうきょ》、特別授業となりました。何をするかというと、もちろん料理です！」

リサの言葉に生徒たちはきょとんとする。当たり前のことを大げさに言うリサに、少し離れたところに立つキースも苦笑していた。

それに気付かずリサは続ける。

「まあ、料理といっても今日は特別授業。いつもと一味違いまして……各学年一人ずつの三人一組で料理をしてもらいます。作るのは前菜からデザートまでのフルコース。グループごとにメニューは違います。そして、ここからが大事なところなんですが……」

そこで言葉を区切ると、生徒たちの顔――特に三年生を見てにっこり笑う。

「今日は先生たちは、一切指導をしません。三人で協力してフルコースを作ってください」

その途端、大広間中から驚きの声が上がる。まったく予想していなかった展開に、生徒たちは動揺を隠せない。

「はーい、静かに～。それじゃあ、これからグループを決めていきまーす。私がくじを引いていくので、名前を呼ばれたら前に出てきてくださーい」

動揺する生徒たちに構わず、リサはサクサクと進行していく。

「では、まずは第一グループ。三年生は～」

そう言って隣の講師が持つ箱の中に手を入れ、小さく折りたたまれた紙を取り出して広げた。

「ハウル・シュストくん。はい、キース先生のところに行ってください」

最初に名前を呼ばれたのはハウルだった。全学年の生徒がハウルに視線を向ける。

さすがのハウルも戸惑いながら立ち上がり、キースの方へ歩いていった。

「二年生は、アレット・マニフィカさん。一年生は――」

どんどん名前を呼んでいくリサ。生徒たちは自分の名前を聞き逃さないよう、リサの声に集中する。

そして――

「第八グループ。三年生は、ルトヴィアス・マティアスくん」

ついにルトヴィアスの名前が呼ばれた。

急いでキースの方へ行くと、続いて呼ばれたのは知っている名前だった。

「ルトヴィアス先輩！」

そう言って駆け寄ってきたのは、フェリフォミアでは珍しい小麦色の肌の女の子。茶色交じりのグレーの髪を低い位置で二つに結っている。

彼女は、シェーラ・ヒュアード。

フェリフォミアの南に位置する隣国、スーザノウルからの留学生だ。

クラスで一人だけ留学生のシェーラは、入学当初はなかなかなじめないでいた。落ち込んでいたシェーラにアメリアが声をかけたことで、ルトヴィアスやハウルも彼女と仲良くなったのだ。

「シェーラも同じグループか。よろしくな」

「はい！　こちらこそよろしくお願いします」

シェーラは知らない先輩ではなかったことに安心したのか、ルトヴィアスを見てほっとした表情を浮かべる。

挨拶《あいさつ》を交わす二人に、横から「あの……」と小さな声が聞こえてきた。

そちらを向くと、気弱そうな感じの男の子が立っている。

「ぼ、僕も、第八グループで……」

同じグループということは、一年生なのだろう。先輩を前に緊張しているのか、おどおどと話す彼に、ルトヴィアスは笑顔を見せる。

「おう、俺はルトヴィアス。よろしくな」

「私はシェーラです。よろしくお願いしますね」

「は、はい！　僕は料理科一年、ダスティン・エイマーズです！　よ、よろしくお願いしますっ」

どもりながら自己紹介するダスティンを、ルトヴィアスもシェーラも微笑ましく見つめた。

「おい第八グループ～！　三人揃ったか？」

キースがルトヴィアスたちを手招きする。三人で彼のもとへ向かうと、二枚重ねの紙を渡された。

「お前らが作るコースのレシピはこれだ。三年生は全部授業でやったことがあるからな、後輩にちゃんと教えるんだぞ。で、二年生は三年生のサポート。一年生は先輩たちから、いっぱい吸収しろよ。……てなわけで、三人仲良くおいしい料理を作ること。オッケー？」

「はい」

「じゃあ、第八グループは第二調理室を使ってくれ。さあ、いってらっしゃい」

キースに送り出された三人は、言われた通り第二調理室へ向かった。

調理室は大広間を出て正面にある。ルトヴィアスが入学した時には二つしかなかったが、昨年一つ増築され、さらにもう一つ増える予定であるらしい。

現在は工事中なので、その調理室が使えるようになるのは、ルトヴィアスたち三年生が卒業した後だろう。それを考えると、ルトヴィアスは少し寂しく感じた。

第二調理室にはまだ誰もおらず、ルトヴィアスたちが一番乗りだった。第一グループから第七グループまでは、第一調理室で作業をするのだろう。

調理室で待機していた講師に、使う調理台を指示され、三人はそこに集まった。

「まずはレシピの確認だな」

そう言って、ルトヴィアスはキースから渡されたレシピを調理台に広げる。

「うわ……よりにもよって和食か……」

ルトヴィアスはレシピを見て顔を顰《しか》めた。シェーラとダスティンは不思議そうに首を傾げる。

「和食だとダメなんですか？」

「……ダメっていうか、俺があまり得意じゃないんだ」

シェーラの純粋な疑問に、ルトヴィアスは苦笑した。

「他の料理と何が違うんですか？　ワショクって」

一年生のダスティンは、和食がどんな料理なのか知らないらしい。

「料理のジャンルは大きく分けて三つ。和食・洋食・中華だ。それぞれ特色があるんだけど、全部話すと長いから、とりあえず和食の説明をする。和食は基本的に素材の味をそのまま活かす料理だ。だから、とても繊細でごまかしが利かない。あと、出汁《だし》がすごく重要な料理なんだ」

ルトヴィアスの説明に、ダスティンだけでなくシェーラも感心したように聞き入っている。

「そういうのはハウルが得意なんだけど……まあ、そんなことを言っても仕方ない。さっそく始めるか」

気が付けば、後続のグループが第二調理室に来ていた。自己紹介だったり、調理の役割分担だったりを始めている。

制限時間については今のところ聞いていないが、フルコースを作るのは時間がかかる。早く取りかかるに越したことはない。

「まずは材料と道具の準備からだな。道具の準備は二人に頼んでいいか？　俺は材料を取ってくるから」

「はい！」

シェーラとダスティンを調理台に残し、ルトヴィアスはいつも講師たちが使っている調理台へ向かう。そこに食材が集められていて、生徒たちがそれぞれ料理に必要なものを持っていくシステムだ。

「えっと、ムシャロムに、卵に……」

レシピに書かれた食材を順に集めていくルトヴィアス。そんな彼の肩をツンツンとつつく者がいる。見れば、そこにはアメリアがいた。

彼女も同じ第二調理室で作業するらしい。

「ね、ルトのグループは何作るの？」

アメリアはルトヴィアスのレシピを覗《のぞ》き込むようにして聞いてくる。

「うちは和食のフルコースだ。そっちは？」

「うわぁ、和食かぁ！　私のところは中華だから、そっちより楽かも」

「マジかよ、交換してほしいわ……」

「こればっかりは、くじ運ってやつだから仕方ないねー」

班分けもレシピもくじで決まった。つまり運が悪かっただけなのだ。

「でも、同じグループにシェーラちゃんがいるでしょ？　やりやすくて良いじゃない」

「そうだな。知らない後輩とやるより気が楽だ」

「いいなー。私は二人とも初めて話す子だからさ。調理しながら探り探りやってくよ～」

「ま、とにかく頑張ろうぜ」

「そうだね、お互い頑張ろー！」

ルトヴィアスもアメリアも手早く材料を選び終え、自分たちの調理台に戻る。

第八グループの調理台には必要な道具が準備されていた。

「二人ともありがとな」

ルトヴィアスがお礼を言うと、シェーラがにっこり笑う。

「いえいえ！　それで、どの順番で作りますか？」

「時間がかかる料理から始めたいんだけど……」

そう言いつつ、ルトヴィアスはレシピを見る。

ルトヴィアスたちが作る料理は全部で十品。ムシャロムのおひたし、パギュースのあぶり、モタリアの照り焼き、肉じゃが、茶碗蒸し、ミズウリとメイレの酢の物、パギュースご飯、お吸いもの、ミズサイの浅漬け、マレナ茶のプリンだ。

いつもの授業では二、三品しか作らないのに、今日はその三倍以上の品数である。特別授業は一日がかりと言っていたので、それを考えたら当然なのだろうが、こうして料理名が並ぶと本当に作れるんだろうかと不安になってくる。

それでも、自分がしっかりしなければと思う。この三人の中でルトヴィアスが一番料理経験が長く、先輩という立場だ。二人を先導するべく気持ちを奮《ふる》い立たせる。

「まずは出汁《だし》を取ろう。それから時間がかかるご飯、煮物、浅漬けの順で作っていく」

「はい」

ルトヴィアスの言葉に、シェーラとダスティンはしっかりと頷《うなず》いた。

大きな鍋に水を張り、バイレという海藻と煮干しを入れる。それが沸騰するまでに、下ごしらえを進めていく。

シェーラは米を研ぎ、ダスティンはミズサイという野菜の皮むき。ルトヴィアスはパギュースという魚をさばくことにした。

手のひらより少し大きいサイズのパギュース。赤茶がかった銀色の魚だが、これが火を通すと綺麗な赤になる。白身でさっぱりとしているので、どんな料理にも合うのが特徴だ。

二匹のパギュースは丁寧にうろこを取り、内臓を取り出す。一匹は塩を振ってざるの上にのせておき、もう一匹は三枚に下ろして冷蔵庫へ入れる。

前者はパギュースご飯、後者はあぶりに使うのだ。

より時間がかかるパギュースご飯用の方から作っていく。少し時間をおくとパギュースから水分が出てくるので、それをしっかりと拭き取る。そうしたら網にのせ、コンロで表面に焼き色をつけるのだ。

あまり焼きすぎてしまうと身がパサパサになるため、ある程度のところで火から下ろし、粗熱《あらねつ》を取っておく。

「ルトヴィアス先輩、出汁《だし》はそろそろ良さそうですよ」

初めに取りかかった出汁《だし》の具合を、シェーラがルトヴィアスに知らせてくれる。

「じゃあ、漉《こ》してくれるか？」

「はーい！」

出汁《だし》のことはシェーラに任せて、ルトヴィアスはダスティンの様子を見ることにした。

ルトヴィアスが近づいてきたことに気付いたダスティンが、カットしたミズサイを見せてくる。

「先輩、このくらいでいいですか？」

「おお、バッチリだ」

まな板の上には、大きさが綺麗に揃ったスティック状のミズサイがある。まだ一年生ながら、ダスティンは包丁の扱い方が上手いらしい。

「せっかくだし、浅漬けはこのままダスティンにお願いするか」

「え！」

まさかそこまで任されるとは思っていなかったのか、ダスティンが焦った顔をする。

「簡単だから大丈夫。ほら、必要な調味料を言うぞ～」

ルトヴィアスの言葉に、ダスティンは慌ててボウルや計量スプーンを用意した。

クスクスと笑いながら、ルトヴィアスは調味料と手順を言っていく。

醤油、塩、砂糖、シークァの絞り汁。それをボウルでよく混ぜたら、刻んだペルテンと切ったミズサイを加えて、手で満遍《まんべん》なく混ぜる。ちなみにシークァは酸味の強い柑橘《かんきつ》系《けい》の果物で、ペルテンはリサの国で唐辛子と呼ばれる香辛料だ。

「あとは冷蔵庫に入れておけば大丈夫だ」

思ったより簡単だったからか、ダスティンは少しほっとしていた。一品目を自分が仕上げたことが嬉しいのか、口元を緩《ゆる》ませている。

それを微笑ましく思いながら、ルトヴィアスは自分が一年生だった時のことを思い出した。

料理科に入った頃は何もかもが新鮮で、毎日の授業が本当に楽しみだった。料理の難易度に関係なく、少しでも料理というものに関われることが、ただただ嬉しくて……。

食材が自分の手によって姿を変え、いろんな料理になっていく。生まれつき魔術師としての才能があり、幼い頃からもてはやされて育ったルトヴィアスには、料理も一種の魔術であるように思えた。

だが、料理は生まれ持った才能とは関係ない。貴族でも魔術師でもなく、ただの料理科の生徒として、料理の知識と技術を学んで成長していく。そこには同じ目標を持った仲間もいて、互いに刺激し合ってきた。

ダスティンを見ていると、そんな入学当初の日々が自然と頭の中に蘇《よみがえ》ってくる。

「――んぱい、ルトヴィアス先輩！」

「……お、おう」

思い出に浸《ひた》っていたルトヴィアスは、自身に呼びかけるシェーラの声でハッと我に返った。

「次はどうします？」

「次は――」

ぼーっとしてはいられない。ルトヴィアスは次の料理に取りかかるべく、彼らに指示を出した。


その後も三人は順調に料理を作っていった。

やはり二年生のシェーラはそれなりにできることが多いし、知識も技術もある。

一年生のダスティンは手先が器用で包丁の扱いも上手いが、他のことに関してはまだ経験不足といったところだ。

そんな二人の様子を見つつ、ルトヴィアスも手を動かす。

「シェーラ、焼き加減が気になるのはわかるが、あまり触らない方がいいぞ」

「は、はい……」

調理も終盤。シェーラは、モタリアの照り焼きに取りかかっていた。

モタリアは赤身の大型魚だ。あまりにも大きいので生徒たちがグループごとにさばくのではなく、講師がさばいてくれてある。

先程、『モタリアが必要なグループは大広間に来るように』と言われ、ダスティンに代表して取りに行ってもらった。すると、彼はやけに興奮した様子で帰ってきた。

聞けば大広間では巨大なモタリアを、キースが一人でさばいていたそうだ。その包丁さばきがすごかったと、ダスティンは興奮冷めやらぬ様子でルトヴィアスとシェーラに話してくれた。

そのキースがさばいたモタリアをさらに切り身にし、シェーラが照り焼きを作っている。

下処理したモタリアをフライパンで焼くのだが、シェーラはじっとフライパンを見つめ、ひっくり返すタイミングを窺《うかが》っていた。フライ返しで端をめくっては戻し、めくっては戻し、というのをすでに二、三回くり返している。

それを見かねたルトヴィアスが忠告していた。

「あまりやると身が崩れるからな。しっかり焼き色をつけて、ひっくり返す。焦がしちゃ

ダメだが、料理には忍耐も必要だぞ」

「はい」

シェーラはしばらく待ってから、モタリアをひっくり返す。すると、切り身には綺麗な焼き色がついていた。

もう片面にも焼き色がついたら、合わせておいた調味料を入れて蓋《ふた》をする。

蓋《ふた》をしても漂ってくる、食欲をそそるタレの香り。少ししてから蓋《ふた》を開けると、熱で白っぽくなったモタリアは照りのある黄金色《こがねいろ》に変わっていた。

スプーンでタレを掬《すく》いかけながら、弱火でじっくりと加熱する。照りが増し、汁が少なくなったら完成だ。

最後の一品はルトヴィアスが仕上げる。

冷蔵庫に入れておいたパギュースを取り出し、皮目を上にして網にのせる。

ここでルトヴィアスが用意したのは、高温の火が出る魔術具だ。リサが特注で作ったもので、これまでの授業でも数回登場している。

あまり使い方に慣れていないため、ルトヴィアスは慎重に魔術具のスイッチを押す。

ボッ、という音と共に、噴き出し口から勢いよく火が出た。

チラリと隣を見れば、ルトヴィアスの精霊であるシャーノアがいた。万が一に備え、いつでも水を出せるように構えてくれている。

ルトヴィアスは深呼吸すると、心の中で「よしっ」と気合いを入れて、火をパギュースの皮に当てた。

パチパチという小さな音をたてて皮の色が変わっていき、身からはじゅわっと脂《あぶら》が染み出してくる。

満遍《まんべん》なくあぶったところで火を離すと、ちょうど良い焼き色に仕上がっていた。

「うん、良さそうだ」

詰めていた息を吐き出し、ルトヴィアスは魔術具の火を止める。

「おお、すごいです！」

「おいしそう……！」

そばで見守っていたシェーラとダスティンが、キラキラとした目でルトヴィアスとパギュースを見つめた。

純粋な二人の眼差しが妙に照れくさくて、ルトヴィアスの耳が熱くなる。

「ほ、ほら、盛り付けるぞ」

ごまかすように促《うなが》すと、二人は素直に料理の盛り付けに入った。ルトヴィアスもあぶったパギュースを包丁で切り、お皿に盛り付ける。

添えたのは半分に切ったカムネ。シークァに似た柑橘類だが、少し風味が違う。パリッとしたパギュースの皮に、しっとりとした身と、じゅわっと染み出る油。そこにカムネのさっぱりとした果汁をかけて食べれば、たまらないおいしさだろう。

シンプルだが、手の込んだ料理。素材の味を存分に味わう。これこそ和食の醍醐味《だいごみ》だ。

二人もルトヴィアスに指示を仰ぎながら、料理を盛り付けていく。

バイレと煮干しの出汁《だし》と、丸々一匹のパギュースを使って炊き上げたご飯。出汁《だし》の染みたご飯に、ふっくらとしたパギュースの身が混ぜ込まれ、見るからに食欲をそそる。

お吸い物にも同じ出汁《だし》を使っているが、あぶったパギュースの骨や頭を入れているため、さらに旨みを増していた。

ダスティンが切った野菜を使った肉じゃがも、ほくほくに煮えている。ミズサイの浅漬けも、ちょうど良く漬かっていた。

おひたしと酢の物は、ちょうど良い箸《はし》休めになるだろう。シェーラの作った照り焼きも抜群においしそうだ。

茶碗蒸しとマレナ茶のプリンはルトヴィアス作。どちらも滑《なめ》らかに仕上がっている。

途中途中で片付けをしていたおかげで、調理台には出来上がった料理だけがずらりと並んでいた。

「できた……！」

「わぁ！　完成しましたね！」

「すごい‼」

三人分とはいえ、十品も作るのは大変で、作っている時は無我夢中《むがむちゅう》だった。

だが、こうして出来上がったお皿が並ぶと達成感に包まれる。

「お、第八グループはもう出来上がったのか！　じゃあ、大広間に運んで先に食べてていいぞ～！」

調理室内を見回っていたキースが、三人に声をかけてくる。そこでようやくルトヴィアスは周りに目を向けた。

他のグループはまだ調理中らしく、すべて作り終えたのはルトヴィアスたちだけのようだ。

少しだけ優越感を覚えながら、料理を大広間に運ぶ。

他の調理室のグループもまだ調理中なのか、大広間にはルトヴィアスたちだけだった。

「ルトヴィアスくん、シェーラさん、ダスティンくんのグループが一番乗りだね。せっかくだから、今日は三人で一緒に食べてね」

料理を持ってやってきた三人を、リサがにこやかに迎える。「好きな席にどうぞ」と言われて、ルトヴィアスたちは適当な席に座った。

「じゃあ、冷めないうちに食べるか」

ルトヴィアスが促《うなが》すと、シェーラたちは嬉しそうに頷《うなず》く。

食前のお祈りをしてから、三人揃って「いただきます」と箸《はし》を手にした。

フルコースといえば、本来ならば一品ずつ出てくるのだが、長テーブルの上にはすべての料理が並んでいる。しかしせっかくなので、一品ずつ味わうことにした。

ルトヴィアスはムシャロムのおひたしから箸《はし》をつける。

少し苦みのあるムシャロムの独特な味わい。そこに出汁《だし》と醤油がしっかりと染み込んで、ちょうど良い塩梅《あんばい》だ。

次はパギュースのあぶり。これはルトヴィアスが作ったものだ。

心配していた火の入り具合も良さそうで、皮目はパリッと、中はしっとり仕上がっている。こってりとしたパギュースの脂《あぶら》が、カムネの酸味とよく合う。

「ふわぁ～、このあぶり、おいしいです！」

シェーラがうっとりとした顔で言う。彼女の出身国はスーザノウル。海に囲まれているので、魚介類はよく食べるらしい。

そんなシェーラがおいしいと言ってくれるのは素直に嬉しかった。

「シェーラの作った照り焼きもおいしいぞ」

モタリアの身はふっくらとしていて、甘塩《あまじょ》っぱいタレに箸《はし》がどんどん進む。

「先輩たちはすごいなぁ……」

ダスティンは料理を食べながら、ルトヴィアスとシェーラに尊敬の眼差しを向けていた。

「ダスティンも一年生なのに頑張ってくれたじゃないか。この肉じゃがの野菜を切ったのはダスティンだろ？」

ルトヴィアスは目で肉じゃがを示しながら言う。

今回の授業において、ダスティンはルトヴィアスとシェーラのサポートに回ることが多かった。しかし、野菜の下ごしらえに関しては率先して行《おこな》ってくれたのだ。

基礎がしっかりと身についており、包丁さばきは一年生にしてはなかなかのものだった。

「たぶん、俺が一年の時より包丁さばきが上手だぞ」

ルトヴィアスが褒めると、ダスティンは照れくさそうにはにかむ。

「僕、気が弱くて、料理科の授業も最初はなかなか自分から発言できなかったんです。でも、調理の授業では頑張ろうと思って……それで、包丁の使い方を家でも練習したんです。ムム芋を何個も使いましたよ。おかげで家では毎日ポテトサラダを食べることに……」

「あー……」

ルトヴィアスとシェーラは、自分も身に覚えのあるエピソードに声を揃えた。

料理科に入りたての頃は、ルトヴィアスも家で包丁の練習をした。ムム芋やリルという果実の皮を剥《む》いていたので、マティアス家の食卓にはよくムム芋料理や切ったリルが並んだものだ。

「俺もそうだったわー……みんな通る道だな」

「そうですね」

ルトヴィアスが呟《つぶや》けば、シェーラもうんうんと頷《うなず》く。

そうやって料理を食べながら後輩たちと話していると、一年生や二年生の時のことが自然と思い出された。

俺もあの時はそうだったな……などと思いつつ、二人の話を聞く。

「ああ、そっか……」

そうしているうちに、ルトヴィアスの頭に突然ハッとひらめくものがあった。

「ん？　何か言いました？」

ルトヴィアスの口から漏れた言葉に、シェーラが不思議そうな顔をする。

「いや、なんでもないよ」

そう言って、ルトヴィアスはパギュースご飯を思いっきり頬張《ほおば》る。出汁《だし》とパギュースの旨みが口いっぱいに広がり、とても幸せな気分だった。


「――っし！　できた！」

料理科が休みの日。ルトヴィアスは自宅の厨房《ちゅうぼう》にいた。

朝から厨房《ちゅうぼう》にこもり、試行錯誤《しこうさくご》しながら作っていたのはケーキだ。

卒業課題であるオリジナルレシピ。

彼が考えたのはチョコレートのクリームを使ったケーキなのだが、中のスポンジには課題のテーマ食材である醤油を練り込んである。

そのスポンジの間には、香ばしいナッツのクリームとメイチがサンドされている。メイチはリサの国ではイチゴと呼ばれる果実だ。

醤油の風味と香ばしいナッツ。甘酸っぱいメイチと、チョコレートのクリーム。

意外な組み合わせのようで、それぞれの良さが調和した、甘さ控えめの大人っぽいケーキに仕上がっている。

このケーキを思いついたのは、先日の合同授業の時だ。

二年生のシェーラと一年生のダスティンの話を聞いているうちに、ルトヴィアスは料理を始めた頃のことを思い出した。

きっかけはカフェ・おむすび。

初めて食べたショートケーキの味にとても驚いたのを覚えている。

そして、リサと二回目に会った時。彼女は休業日にもかかわらず、ルトヴィアスをカフェの店内に招き入れてくれた。その時、出してもらったチョコレートに、また驚かされたのだ。

せっかくなら、その二つを使ったレシピにしよう。

卒業課題はいわば三年間の集大成。料理を志《こころざ》したきっかけとも言える二つのスイーツを自分なりにアレンジしたレシピは、それにふさわしい。

これまで悩んでいたのが嘘のように、すっと心が決まったのだった。

決まるとそこからは早かった。課題の必須条件である味噌か醤油のうち、片方を選ぶ。ルトヴィアスは迷わず醤油を選び、レシピに取り入れた。

中のクリームにひと工夫して、試作すること数回。

ようやく完成したのである。

「ふぅ……」

ほっとして、額の汗を袖《そで》で拭《ぬぐ》う。コンロやオーブンの熱で厨房《ちゅうぼう》が暑くなっていることに気付いた。換気しようと思い、ルトヴィアスは窓を開ける。爽《さわ》やかな風が吹き込み、とても気持ちがいい。

窓の外には、小さな裏庭が見えた。

花の季節が終わり、日に日に緑が濃くなっている気がする。

夏はもうすぐだった。

そして――

「これよりフェリフォミア国立総合魔術学院、専門課程の卒業式を執《と》り行《おこな》います」

学院の大ホールには、五つの専門課程の生徒が一堂に会《かい》していた。

ルトヴィアスも料理科の同級生と共に出席している。料理科が設立されてから、初めての卒業生となるのだ。

今日で着るのが最後となる制服。すでに役目を終えたコック服は、料理科のロッカーの中にある。

式は着々と進み、卒業の証《あかし》が生徒たち一人一人に渡されていく。

騎士科、魔術師科、魔術具科、一般教養科が終わり、最後は料理科の番だ。

家名の順に読み上げられ、ルトヴィアスの名前も呼ばれた。正装したリサ、キース、ジークのいる壇上へ向かうと、三人が微笑んで待っていた。

「おめでとう、ルトヴィアスくん」

リサのお祝いの言葉が胸に染みる。

ジークがルトヴィアスの肩に、あるものを羽織《はお》らせてくれた。

それはマントだった。紺色に白いパイピングの生地は、騎士団の制服と同じもの。学院の専門過程は、もともと騎士の育成のために創設されたらしい。だから、このマントは騎士団の制服と同じ生地を使っているのだ。

男子はマント。女子はカクテルハット。

それが卒業の証《あかし》である。

これらは成人後、正式な場に出る時に身につけなければならないアイテムでもあった。卒業と同時に大人の仲間入りをする卒業生に向けた、国からの餞《はなむけ》なのだ。

特に縁のない騎士団の色なのを少し残念に思うが、マントの端に小さく入っている刺繍《ししゅう》には見覚えがあった。

花とカトラリーという意匠のそれは、料理科の紋章。

それを見てルトヴィアスは頬を緩《ゆる》める。

「秋からカフェ・おむすびで一緒に働けるのを楽しみにしてるぞ」

マントの金具を留めながら、ジークが小声で囁《ささや》く。

ルトヴィアスは嬉しくて「はい！」と元気よく返事をした。

卒業の証《あかし》の授与が終わると、各専門課程を代表して首席の生徒が挨拶《あいさつ》をする。

料理科の首席卒業生は――

「頑張れよ、ハウル」

名前を呼ばれて立ち上がるハウルに、ルトヴィアスは小声で言った。

そう、料理科の代表はハウルだった。

料理科に入学した当初は、自分より料理が上手いハウルに嫉妬《しっと》したこともあった。けれど、ハウルと友人になり、彼の努力を間近で見るようになって、その気持ちはなくなっていった。

もちろんハウルに負けたくないという気持ちはある。

けれど、ハウルにしか作れない料理があるし、ルトヴィアスにしか作れない料理があることを知った。

だから、ハウルが首席に選ばれたことは、心の底から祝福している。

ルトヴィアスの言葉にしっかり頷《うなず》いて、ハウルは壇上へ向かう。

拡声用の魔術具の前に立ったハウルは微笑みを浮かべたまま口を開いた。

「料理科のハウル・シュストです。三年前、僕たちは料理科に一期生として入学しました」

そんな出だしから始まったハウルの挨拶《あいさつ》に、会場の人々は耳を傾ける。

料理を志《こころざ》したきっかけや、料理科での思い出を、ハウルは堂々とした様子で語っていく。

ルトヴィアスも様々な出来事が頭に蘇《よみがえ》り、思い出に浸《ひた》る。

そんな中、隣からグスッという音が聞こえてきた。

見るとアメリアが両目からぼろぼろと涙をこぼしていた。あまりの泣きっぷりに、ぎょっとしてしまうルトヴィアス。

おかげで感動していた気持ちがどこかに吹き飛んでしまった。

気付けばハウルの挨拶《あいさつ》が終わり、彼は壇上から降りてくる。会場に鳴り響く拍手に少し遅れて、ルトヴィアスも手を叩いたのだった。

式はあっけなく終わった。しかし、心は満たされている。

ルトヴィアスは、アメリアとハウルと共に大ホールを出た。

「卒業かぁ……なんだか寂しいな」

ハウルがしみじみと呟《つぶや》く。

「うぁあん！　そんな、こと、言わないでよぉ……」

アメリアはハウルの挨拶《あいさつ》の途中から号泣《ごうきゅう》しっぱなしで、先程ようやく収まったと思ったら、ハウルの言葉でまた泣き出してしまう。

「うう……ハンカチが……」

すでにアメリアのハンカチは涙でびちょびちょらしく、ルトヴィアスは仕方なく自分のポケットに手を入れた。

「ほら、これ使えよ」

ぱりっと糊《のり》の利いたハンカチを差し出す。

「ルト……ありがとう」

アメリアはおずおずとそれを手に取り、頬に当てた。

いつもと違ってしおらしいアメリアに、ルトヴィアスとハウルは顔を見合わせる。

別に自分たちが泣かせたわけではないが、いつも元気で笑顔なアメリアが泣いているのは、どうも落ち着かない。

ハンカチを渡したついでに、ルトヴィアスがアメリアの頭をぽんぽんと叩く。

するとアメリアは涙で濡れた目を丸くして、ルトヴィアスを見上げた。

「お、止まったか？」

「……う、うん」

急に大人しくなってしまったアメリアに首を傾げながら、ルトヴィアスはハウルに話しかける。

「卒業してちょっと休んだら、みんなバラバラだな」

「そうだね。僕は王宮、ルトはカフェ、アメリアはアシュリー商会だから」

「こうして毎日会うこともなくなるな」

三年間、毎日顔を合わせていたハウルとアメリア。彼らと会わなくなるのは不思議な気分だし、少し寂しい。

「でも、それぞれ頑張ってるって思えば、やっていけるよ」

ハウルが微笑んで言った。

「そうだな」

「私は料理コンテストの結果発表がもうすぐ……！」

ハウルの言葉に頷《うなず》くルトヴィアスとは違い、アメリアが不安そうな顔で言った。

ルトヴィアスとハウルは応募しなかったが、アメリアはアシュリー商会主催の料理コンテストに応募していた。

その一次審査の結果が夏休みに入ってすぐ発表されるらしい。

「受かってたらいいね！」

「俺らも祈っとくよ」

ハウルとルトヴィアスがアメリアを勇気づけようと声をかける。

「受かっててほしいなぁ。ああー……今から緊張してきた」

発表が迫っていることを急に実感してか、アメリアが胸を手で押さえる。

「今から緊張してたら身が持たないぞ……」

ルトヴィアスは気の早いアメリアの様子を見て苦笑した。

夏休みに入ってすぐとはいえ、発表までは数日あるはずだ。それまでずっと緊張していては、疲れてしまうだろう。

「わかってるけど……」

アメリアはルトヴィアスの言葉に困った顔で呟《つぶや》く。

頭ではわかっていても、緊張するのはどうしようもないのだろう。

「まあ、あんまり気にしても仕方ないし、気分転換にどっか遊びに行こうぜ」

「そうそう、夏休みのうちに遊んでおこうよ」

ルトヴィアスとハウルが明るい調子で提案すると、ようやくアメリアも表情を緩《ゆる》ませた。

「うん!」

いつものアメリアらしい返事に、ルトヴィアスとハウルはほっとする。

せっかく晴れ晴れしい卒業式を終えたのだ。

最後は笑顔で学院を出よう。

長いようであっという間の三年間が終わった。

そして、また新しいスタートラインに立つ。

道はそれぞれ違っても、絆《きずな》の強さは変わらない。

刺繍《ししゅう》の入ったマントを初夏の風になびかせ、ルトヴィアスはすがすがしい気持ちで一歩を踏み出した。

ある精霊の観察

「ふぁぁぁ～」

カーテンの隙間から朝日が差し込み、窓の外では鳥たちがしきりにおしゃべりしている。

広い寝室のサイドテーブルに置かれたふかふかのクッションの上で、何かがむくりと起き上がり、大きなあくびと共にうーんと腕を伸ばす。

体長およそ二十センチ。緑の髪に緑の服を着たそれは、精霊だった。

名前はバジル。

緑の力を持つ精霊で、今はある人間の主人と契約し、生活を共にしている。

主人の名はリサ・クロカワ・クロード。

サイドテーブルの横のベッドで、夫であるジークに抱きしめられた彼女は、まだ夢の中にいる。黒髪の間から見える寝顔は、無防備でとても安らかだ。

優しくて、おいしい料理を振る舞ってくれるこの主人がバジルは大好きだった。リサは魔術師ではないので、バジルの力に頼っているわけではないけれど、今の姉妹のような、友人のような関係もバジルには心地よかった。

バジルは部屋の中にある、時計という魔術具を見る。使用人がリサたちを起こしに来るまで、まだ時間があるようだ。

このまま起きていようかどうしようかと、考えるバジル。

その時、視界の隅にチカッと小さな光が見えた。

振り向くと、そこには寝ているリサの姿がある。

なんだろうとバジルは怪訝《けげん》に思うが、リサは規則正しい寝息をたてていて、特に変わった様子はない。

「……気のせいですかね」

ハッキリと見たわけではなく、光ったのが何かもわからない。バジルは気のせいだろうと結論を出し、再びクッションの上にポスンと寝転がる。

すやすや寝ているリサの顔を見ていたら、眠気が襲ってきて、バジルはそれに抗《あらが》うことなく目を閉じた。

季節は初夏を迎えた。

学院の料理科は夏休みに入ったが、リサはカフェ・おむすびの営業と、もうすぐ行《おこな》われる料理コンテストの準備で忙しそうだ。

バジルはというと、そんなリサにくっついて行動を共にしている。たまに一人でふらりと出かける時もあるが、バジルも一応、契約精霊だ。主人に何かあった際には存分に力を振るわなければならない。

リサにはジークという頼もしいパートナーがいるので、バジルの出番はほとんどないが、彼が一緒にいない時はバジルがリサの護衛をしないといけないのだ。

今日のリサはカフェで采配《さいはい》を振っている。パルゥシャのショートケーキの形が崩れてしまったものをもらったバジルは、それをもぐもぐ食べながらリサの様子を見ていた。

「ん⁉」

リサの体の一部が突然ぽわっと光り、バジルは頬張《ほおば》っていたショートケーキをろくに嚙まずに吞み込んでしまった。

「どうかした？　バジルちゃん……って、ああっ！」

ぐっと喉《のど》を詰まらせたバジルに、リサが慌てて駆け寄ってくる。バジル用の小さいカップで水をくれたので、バジルはありがたくそれを飲んだ。

「ぷはっ」

「大丈夫？」

「はい、マスター。お水ありがとうございます」

「パルゥシャは大きめに切ってあるから気をつけて食べるんだよ？」

「はい」

バジルが大丈夫なのを確認し、リサは仕事に戻っていく。その後ろ姿をバジルはじっと見つめた。

さっきの光。

あれはリサのお腹から出ていた。

朝に見た時は寝ぼけていたし、気のせいかと思ったが、どうやら気のせいではなかったようだ。

「何なんだろう……もしマスターに何かあったら……」

ついネガティブな想像をしてしまい、バジルは慌てて頭を振る。

「とりあえず、マスターをしっかり観察しましょう！」

その日から、バジルはリサの様子を注視することに決めた。

数日観察してみたが、やはりリサのお腹が光っているのは確かなようだ。

場所はおへその下あたり。

最初は一日に数回だけだったのが、日に日に間隔が短くなり、回数も多くなってきている。

「何なんでしょう……」

カフェ・おむすびの厨房《ちゅうぼう》で、バジルはリサのお腹を見ながらうーんと考える。

「どうしたの、バジルちゃん。さっきから私のお腹ばっかり見つめて。何かついてる？」

お腹の前で唸《うな》るバジルに、リサが不思議そうに首を傾げた。

どうやら光が見えるのはバジルだけのようだ。当のリサも、夫のジークも何も見えないらしい。当然、気にしているのはバジルだけで、リサもジークも至って普通に生活している。

それがバジルをますます混乱させた。

リサはとても健康だし、光からも嫌な感じは受けない。

でも、なぜ光るのか、正体はなんなのか、バジルは気になって仕方なかった。

「マスター、ちょっとお出かけしてきてもいいですか？」

「いいよ、シャーノアくんのところ？」

「はい」

「暗くなる前には帰ってくるんだよ」

「わかりました。行ってきます」

仕事をするリサに一言伝えると、バジルは外に飛び出した。

フェリフォミア王都の街を眼下にしばらく飛んで、たどり着いたのは、ある一軒のお屋敷。正門から建物の右側の棟へ向かい、二階の窓から部屋を覗《のぞ》き込む。

その部屋の中に、水色の小さい影を見つけたバジルは、窓をコンコンとノックする。

すると、影もバジルに気付いたようで、窓を開けて招き入れてくれた。

「こんにちは、シャーノア」

「いらっしゃい、バジル」

バジルと同じくらいの大きさの精霊が、にこやかに迎えてくれる。

名前はシャーノア。バジルのお友達だ。

「今日、シャーノアのマスターは何をしてるんですか?」

「ルトヴィアスは厨房《ちゅうぼう》にいるよ。料理の練習中みたい」

「へぇ～。確か学院は卒業したんですよね? なのに、まだお勉強してるんですか」

「休んでばっかりいると腕がなまるって言ってたよ。本当、小さい頃とは大違いだ」

シャーノアの主人であるルトヴィアスは、バジルの主人であるリサの教え子だ。シャーノアから聞いた話によると、料理科に入る前は学院の授業をよくサボっていたらしい。その頃すでにシャーノアと契約していたが、今ほど仲良しではなく、魔術師になりたくないルトヴィアスは、シャーノアのことを疎《うと》ましく思っている節もあったという。しかし、リサに出会って料理の道を志《こころざ》すようになったルトヴィアスは、急に勤勉になり、シャーノアとの関係も改善した。

シャーノアはバジルを見習って、ルトヴィアスが作るお菓子などを試食させてもらうようにしたそうだ。それがきっかけで前より仲良くなったという。

彼らの関係改善の手助けができて、バジルも嬉しい。

精霊は契約した主人と仲良くなれなければ、消えてなくなる運命だ。それがわかっていても、主人を気に入って契約しているので裏切ることはできない。

契約主である人間は、いなくなって初めて精霊の存在の大きさを知る。何しろ精霊が消えてしまうと、それ以後、その人間は他の精霊の存在をも感じられなくなってしまうのだ。

生まれた頃から当たり前に見え、聞こえ、感じていた存在が自分の世界からいなくなる。そうなった人間は、半身を切り離されたような感覚になるのだと、バジルは昔聞いもしかしたらシャーノアは、消滅を覚悟していたのではないか。ルトヴィアスが料理に出会わなかったなら、そう遠くない将来、シャーノアは消えていたかもしれない。

本当にそうならなくて良かったとバジルは思う。

「ところで、今日はどうしたの？」

シャーノアの言葉で、バジルはここへやってきた目的を思い出した。

「そうだ！　シャーノアに聞きたいことがあって来たんですよ」

「聞きたいこと？」

「はい！　人間のお腹が光るのって、なんでか知ってますか？」

「お腹が光る……？」

「そうなんです。マスターのお腹がなぜか時々光るようになって……」

バジルはリサのお腹が光るようになったことと、光る間隔がどんどん短くなってきていることを説明する。

すると、シャーノアは少し考えてから顔を上げた。

「お腹が光る女の人なら、前に見たことがあるよ」

「本当ですか！」

「うん。ただ、なぜ光ってたのかまでは、わからないなぁ……」

シャーノアが言うには、お腹が光る女の人を見たのは一度だけ。しかも知り合いでもなんでもない人で、たまたま街で見かけただけなので、光る理由まではわからないらしい。

「そうですか……」

「力になれなくてごめんね」

しゅんとするバジルに、シャーノアが困った顔で言う。

「でも、バジルのマスターは体調が悪いわけじゃないんでしょう？」

「はい。光も嫌な感じはしなくて……」

「そっかぁ。もし体調が悪ければ、医者っていうお仕事の人間に見てもらえばいいんだけど」

「イシャ？　あ、前にマスターが倒れた時、おうちに来てた人です」

「そうそう、その人だよ。でも健康なら、その人にも原因はわからないかもしれないね」

「あう……」

シャーノアはいろいろと意見を言ってくれたが、決定的な解決策は見つからない。

バジルよりも契約精霊歴が長いシャーノアなら知っているかもしれないと期待していたが、空振りだったようだ。

「バジル、もう少し聞いて回ってみます」

「うん、僕も何か思いついたら教えるね」

「よろしくです」

　バジルはシャーノアにさよならと言って、屋敷を後にした。


　その後、バジルは王都にいる精霊たちに聞いて回った。

　しかし、街の中にいるのはたいてい人間と契約をしていない、いわゆる野良の精霊だ。生まれたばかりで自我が芽生えていない精霊も多く、めぼしい収穫はなかった。

　王都の街にいる女の人の中で、お腹が光っている人はいないか探してもみたが、やはり見つけることはできなかった。

「うーん、本当に何なんでしょう……」

　謎は深まるばかりだ。

　気が付けば、日も傾き始めていた。

「今日は切り上げて帰りましょうか……」

　リサに、日が暮れる前に帰ると約束している。

　バジルはもやもやとした気持ちのまま、カフェ・おむすびを目指して飛んだ。

「リサちゃん、最近すごく食欲があるわねぇ」

翌日、朝の食卓で、養母のアナスタシアがリサの食べっぷりを見て感心する。

リサはパンとスープ、サラダにオムレツをしっかり平らげた後、パンのおかわりを二回もしていた。

「なぜか妙にお腹が空くんですよね」

リサはそう言って、自分のお腹に手を当てた。

バジルは今日もリサを観察している。

いつからか、リサのお腹は断続的にではなく、ずっと光るようになったのだ。

さらに、リサがもりもりご飯を食べると、お腹の光は強くなる。まるで意思があるかのように光るので、バジルは一層不思議に思っていた。

だが、リサ本人も周りの人も、いまだ光に気付かない。

やはり精霊にだけ見えるようで、リサの養父で魔術師であるギルフォードの精霊も、リサのお腹が光っていると言っていた。けれど、彼らにもその理由はわからないらしい。

そこでバジルは考えた。

もうこうなったら、リサのお腹の光に直接聞くしかないと――

夜、リサとジークが一緒のベッドに入り寝静まった頃。

バジルはリサを心配させないように寝たふりをしていた。そして、リサが深く眠ったのを確認すると、サイドテーブルの寝床から抜け出し、リサのところに近づく。

暗い部屋の中でもバジルの目には、リサのお腹のあたりが仄《ほの》かに光っているのがわかった。

「あの、あなたは何なんですか？　マスターの体は大丈夫なんですか？」

囁《ささや》くような声で、バジルはリサのお腹の光に向かって話しかけた。

すると光は、それに答えるかのように明滅する。ただ、バジルには何を言っているのかわからない。

そこで、質問を変えてみた。

「あなたがいても、マスターは大丈夫なんですか？」

バジルが再び聞くと、光は一度強く光ってから、いつもの明るさに戻った。

「それは、『はい』という意味ですか？」

質問を重ねると、光は再び一度だけ強く光る。

「『いいえ』の場合は？」

そう聞いてみたら、光は二度続けて強く光った。

「なるほど。『はい』なら一回、『いいえ』なら二回光るんですね！」

それに答えるように、一度強く光る。

「私はバジルといいます。あなたの名前はありますか？」

今更だが、まずは自己紹介をと思い、バジルは名乗った。相手にも名前があるのか聞いてみると、光は二度強く光った。

「名前はないのですか……バジルもバジルという名前をマスターにもらうまで、名前がありませんでした」

精霊は名前をもらって初めて個としての存在を意識する。名前をつけられる際、契約主の記憶を多少共有するので、そこで自我が一気に育つのだ。

リサのお腹の光にまだ名前がないのなら、生まれたばかりで成長していない存在なのかもしれない。

「……あなたは何者ですか？」

相手が肯定か否定でしか答えられないのはわかっているけれど、バジルがずっと知りたかったことが口をついて出た。

すると、光は困ったように数回明滅する。

答えたいけど答えられない、とでも言うように。

それにバジルは苦笑する。

「お話はできませんもんね。でも、マスターが大丈夫ということを聞いて少し安心しました」

バジルの言葉に、光は優しく光る。

「今日はもう遅いので、バジルも寝ますね。おやすみなさいです」

安堵したら、一気に眠気が襲ってくる。大きなあくびを手で押さえながら、バジルはのろのろと飛んで、サイドテーブルのクッションの上に寝転がった。

それからバジルは、リサが寝静まった後、彼女のお腹の光と会話するようになった。

初めの頃の警戒心は消え、今ではすっかりいい話し相手となっている。

話題は今日あったことや、リサの料理がおいしかったことなど、本当に他愛のないものばかり。だが光はバジルの話を聞いて、時折明滅してくれる。まるで笑っているかのような反応に、バジルも調子に乗ってあれこれ話してしまうのだ。

たまに盛り上がって、バジルが大きな笑い声を上げてしまい、リサが「うーん」と身じろぐこともある。だが、リサは眠りが深い方なので起きることはなかった。

リサの隣に寝ているジークは、精霊が見えない上に声も聞こえない。けれどある時、深夜にジークが急に目覚めたことがあった。ぎくりとしたバジルだったが、彼はお手洗いに起きただけのようで、一度部屋を出て戻ってくると再び寝てしまった。

初めは光に対して訝《いぶか》しく思っていたバジルも、意思疎通をはかるにつれ、光に対して親しみを感じ始めている。

この秘密のやりとりをずっと続けたいと、そんな気持ちにさえなっていた。

「やっぱり医者に来てもらった方がいいんじゃないかい?」

朝食の席にやってきたリサを見て、ギルフォードが言った。

リサの異常な食欲は相変わらずで、しかも空腹の時は気持ち悪さを感じるようになってしまっている。それを見かねたアナスタシアも、「そうよ、何かあってからじゃ遅いんだから」と夫に同調した。

バジルも心配だった。リサのことは当然心配だし、リサが空腹で気持ち悪くなっている時は、光も弱々しいので気がかりだ。

結局のところ、光が何者なのかはわかっていない。そもそも光自身も、自分がなんなのかわかっていないようだった。

「はい。明日のコンテストが終わったら受診します」

リサが空腹の気持ち悪さを堪《こら》えながら答えた。

明日はリサが前々から準備していた料理コンテストの二次審査が行《おこな》われる。コンテストの開催に密接に関わっている以上、そこに穴を空けるわけにはいかないようだ。

ギルフォードとアナスタシアも一応は納得し、ジークは心配そうにしつつもリサを席にエスコートする。

バジルもリサに何かあったらいけないので、目を離さないでおこうと決めた。

幸いにも料理コンテストは大成功で終わった。

リサもお腹に何か入ってさえいれば大丈夫なようで、空腹時の具合の悪さは何だったのかというくらい、けろっとしていた。

そしてギルフォードとアナスタシアとの約束通り、料理コンテストの翌日。

リサは医者に診《み》てもらっていた。

クロード家お抱えの老医師が来てくれて、リサとジークが暮らす別館のリビングで診察を行《おこな》っている。

いくつか問診をして、脈や鼓動を聞き、首筋を触り、喉《のど》の奥を覗《のぞ》く。

そうして「ふむ」と頷《うなず》くと、老医師は朗《ほが》らかに微笑んで口を開いた。

「妊娠しておりますな」

「……はい？」

リサは言われたことが理解できないようで、きょとんとした顔で聞き返す。

「ですから、妊娠されてますよ。おめでとうございます」

そこでようやくリサは言葉の意味を理解したらしい。驚いた顔で自分のお腹に手を当てる。

すると、お腹の光は嬉しそうに強く光った。

そこからはドタバタだった。

ジークがリサに抱きついたかと思うと、ハッとして急に部屋を出ていく。

しばらくしたら、大きな足音がどんどん近づいてきて、部屋のドアが乱暴に開かれた。

真っ先に駆け込んできたのはアナスタシアで、息を切らしながらも「リサちゃん！おめでとう‼」と告げる。

その後、なぜか涙目のギルフォードが足をひきずりながら入ってきて、彼らを呼びに行っていたらしいジークも戻ってくる。

アナスタシアとギルフォードに祝福され、リサもジークも嬉しそうだ。

だが、なぜこんなに喜んでいるのかわからなくて、バジルはリサに問いかけた。

「ねえ、マスター！」

「なぁに、バジルちゃん」

「ニンシンってなんですか？　何かおめでたいことなんですか？」

リサが慈《いつく》しむように撫《な》でている、お腹の光の正体。バジルがずっと知りたかったことだ。

バジルの質問に、リサは微笑んで答えた。

「妊娠っていうのはね、お腹に赤ちゃんがいるってことなの」

「赤ちゃん……」

赤ちゃんが何かは知っている。人間の子供のことだ。

では、この光は赤ちゃんだったのか。

「光さんは、マスターの赤ちゃんだったんですね！」

「え、光さん？」

バジルの言葉にリサが首を傾げた。

ずっと秘密だったバジルと光の関係。だが、赤ちゃんがいるとわかったのだから、もう知られてしまってもいいとバジルは思った。

「少し前からマスターのお腹が光っていたんです。初めはたまに光るくらいで弱々しかったんですけど、だんだん光が強くなって。バジル、ずっと何なんだろうって思ってたんです！」

バジルが説明すると、リサとギルフォードが驚いたように目を丸くした。

「精霊にはそんな風に見えるのかい⁉　初めて聞いたな……」

ギルフォードがそう言って考え込む。

「だからバジルちゃん、私のお腹を見てたのね！　そういえば私、カフェでも料理科でも思いっきり動き回ってたけど、大丈夫なのかな……」

「ほほ、それは大丈夫ですよ。妊娠初期のお母さんは、皆さん普通に動いています。とはいえ、これからは気をつけてくだされ」

老医師がリサを安心させるように言う。リサはそれを聞いてほっと息を吐くと、隣にいるジークにもたれかかった。

しばらく何かを考えていたギルフォードが、老医師に向かって口を開く。

「先生、精霊がリサちゃんのお腹が光っていたと言うんですが、何かご存じですか？」

「ほう、精霊が？　私は精霊についてはあまり詳しくないのですが、かなり昔に聞いたことがありますよ。女神に祝福された子は輝き、精霊が集まる。もしかしたらあなたのお腹の赤ん坊は、精霊と仲良くなる素質があるのかもしれませんね」

老医師はリサに向かって優しく笑む。

それを聞いたリサも嬉しそうに頬を緩《ゆる》めた。

「生まれてくる赤ちゃんも、バジルちゃんのことが見えるかもしれないね。バジルちゃん、この子とも仲良くしてくれる?」

「もちろんです! というより、もう仲良しなんですよ! ねー!」

バジルがリサのお腹に呼びかけると、ピカッと強く光った。

「もしかして会話できるの?」

「はい。マスターが寝ている間にこっそりと……」

「ふふ、そうだったんだ。じゃあ、バジルちゃんはこの子のお姉さんだね」

「バジルが、お姉さん……!」

精霊に兄弟姉妹という概念はない。強《し》いて言えば、すべての精霊が女神の子であり兄弟姉妹のようなものだ。

けれど、リサに『お姉さん』と言われて、バジルの胸は高鳴った。

——お姉さんって、なんて素敵な響きなんだろう!

「バジル、お姉さん頑張ります!」

生まれてくるまでは、リサごと赤ちゃんを守ろう。そう胸に誓う。

そして生まれてきたら、いろんなことを教えてあげよう。

もっとおしゃべりしたい。

おいしいものも一緒に食べたい。

いつリサのお腹から出てくるのかわからないが、バジルは今からとても楽しみだった。

「さて、たくさん喜んだらお腹が空いちゃったわ。お昼ご飯にしましょう」

アナスタシアが胸の前でパチンと手を合わせて言った。

すでにお昼を回り、昼食の時間だ。

「そうですね。今日のお昼ご飯は酢豚を作る予定ですよ。マスグレイブ公爵からパイン……じゃなかった、ナツァナをいただいたので、試作を兼ねて……」

「リサ、今日は俺が作るから」

料理をしようとするリサをジークが止める。リサも夫の言葉に従い、「じゃあ、お願い」と頼んだ。

「バジルも食べたいです！」

「じゃあ、バジルちゃんのは特別に大盛りにしちゃう！　おまけにデザート付き！」

「やった〜！」

初めて食べる料理にバジルはウキウキする。

厨房《ちゅうぼう》で椅子に座ったまま指示を出すリサ。その指示を聞きながら、ジークが作ってくれた。

てっきりナツァナはデザートにするのかとバジルは思っていたが、ナツァナが使われていたのは、リサの指示のもとジークが作った酢豚という料理。

しょっぱい料理に甘いナツァナ？　と不思議に思ったが、食べたらびっくり。

唐揚げのような衣《ころも》をまとったお肉と、シャキッと歯ごたえの残った野菜によく合う。

酸味の利いたソースにも、ナツァナの甘さがなじんでいた。

「ナツァナには、お肉を柔らかくする効果もあるんだよ」

リサの言葉の通り、お肉がふわふわでジューシーだ。

そして、ナツァナを使ったデザートもある。

硬い芯をくり抜き、スライスした輪っか状のナツァナ。それを丸ごと使ったゼリーだ。

「ナツァナはミルク寒天にすごく合うから、試しに作ってみたの」

リサはそう言って、切り分けて出してくれる。

ミルクのゼリーにナツァナが入ったシンプルなデザートは、リサが作ってくれた。

酢豚を平らげた後だが、デザートは別腹だ。

バジルはスプーンでゼリーを掬《すく》うと、思いっきり齧《かじ》りつく。

「ん～！　おいしいです～!!」

口の中いっぱいにミルクの甘さとナツァナの甘酸っぱい風味が広がる。つるりとしたゼリーとナツァナの繊維質《せんいしつ》な歯ごたえも変化があって楽しい。

「お気に召してもらえたようで良かったよ」

おいしさに悶《もだ》えるバジルの姿を見て、リサはクスクスと笑う。

「とってもおいしいです！　生まれてきた赤ちゃんとも早く一緒に食べたいです！」

「そうだね」

リサの料理はこんなにおいしいのだ。お腹の赤ちゃんといっしょに食べたら、もっともっとおいしく感じるに違いない。

バジルの言葉に応《こた》えるように、リサのお腹が嬉しそうにぽうっと光って見えた。

書き下ろし番外編

あるデザイナーの親切

「うーん……、なんか違う……」

机に広げたデザイン画を前にある男性が神妙な顔で呟《つぶや》く。彼の名は、エリアス・マーロン。フィリフォミア王国の王都にある宝石店でデザイナーをしている。

「モチーフが違う……？　いや、でも悪くはないと思うけど……」

ぶつぶつ呟《つぶや》きながら、彼はデザイン画とにらめっこする。

何が足りないのか、それとも逆に多いのか……。エリアスは別案をデザイン画の隅に描き加えてみるがそれもしっくりこない。

本格的な行き詰まりを感じて、彼は悩ましげなため息と共にペンを置いた。

ここで考えていても何も浮かばない気がして、エリアスは立ち上がると、そのまま部屋を出た。

外に出ると、まぶしい日差しに目が眩《くら》む。長時間、デザイン画を見続けていたためだろう。

すっかり春らしさがなくなり、いよいよ本格的な夏を迎えそうな気候にじんわりと汗がにじんでくる。

暑いのが得意じゃないエリアスは、ポケットからハンカチを取り出す。店で接客することもあるため、きちんとした格好をしていることもあるだろう。

噴き出る汗をハンカチで押さえつつ、エリアスはなるべく日陰を歩きながら目的地に急いだ。

到着したのは赤いドアの小さな店。すっかり通い慣れた場所だ。

ちょうど出てきたお客さんと入れ替わるように店内に入ると「いらっしゃいませ」という声がかけられる。

声の方を見ると、ミルクティー色の髪の女性が微笑んでいる。彼女は店員であるオリヴィアだ。

ここはカフェ・おむすび。エリアスが気分転換に訪れる頻度が一番高いスポットである。

「こんにちは、エリアスさん。こちらの席にどうぞ」

オリヴィアに誘導された席にエリアスは向かう。

「こんにちは。すっかり暑くなりましたね」

「最近は特に暑くなってきましたね」

そんな会話をしながらもオリヴィアがよく冷えたお冷《ひや》を出してくれる。

「はい、メニューです。新作のスイーツも始まったんですよ」

「今日はそれをお願いしたくて来たんです」

カフェ・おむすびでは季節によってスイーツが変わる。今は夏の果物を使ったものが新作として販売されている。

みずみずしく色鮮やかな果物に、華やかな装飾が加わったスイーツは、まるで宝石のようだとエリアスは思っている。

だが、それは食べると消えてしまうし、長持ちはしない。そんな儚《はかな》さがより一層美しく感じるのだ。

「新作のパルゥシャのタルトとパルゥシャのショートケーキ、それとコーヒーをお願いします」

エリアスがメニューを見て、注文を告げるとオリヴィアは伝票に書き込んでいく。

「コーヒーはアイスの方がよろしいですか？」

「いえ、温かいので」

暑いのでアイスコーヒーを飲む人が多いのだろうが、アイスコーヒーはどうしても香りが弱くなる。エリアスはコーヒーの香りを楽しみながらゆったり飲むのが好きだ。だから、暑くてもコーヒーだけはホットで飲もうと決めている。

「かしこまりました。少々お待ちください」

オリヴィアは笑顔で注文を受けると、準備のためその場を離れた。

お冷《ひや》で喉《のど》を潤《うるお》しながら、そっと店内の様子を観察する。人気店であるカフェ・おむすびの店内の席はほぼ埋まっている。

すぐ案内されたのはエリアスが来たタイミングがちょうど良かったかららしい。

暑い中、待たずに済んでエリアスは少しホッとする。

他のテーブルを見ると、みんなやはり新作スイーツを食べているらしく、初めて見るフォルムのケーキがある。

食べている途中のため全容はわからない。余計に見るのが楽しみになってくる。

「お待たせしました。パルゥシャのタルトとショートケーキです。コーヒーは熱いのでお気をつけくださいね」

オリヴィアが注文したものを運んでくる。

カウンター越しに目の前に置かれた二つのケーキ。

一つはタルト生地の上に薄くスライスされた濃いオレンジ色のパルゥシャの果肉が

ぎっしり敷き詰められている。

もう一つは、スポンジ生地にホイップクリームと共にパルゥシャがデコレーションされている。

同じ果物を使っていても見た目がまったく違うスイーツに、エリアスの目が輝いた。

「これはまた美しい出来ですね」

弾《はず》んだ声で呟《つぶや》くと、オリヴィアが小さく笑う。

「ごゆっくりお楽しみくださいね」

「はい、ありがとうございます」

エリアスはお礼を言うと、自分の正面にタルトとショートケーキが載ったお皿を並べる。

そして、カトラリーではなくコーヒーカップを手に取った。

砂糖やミルクを入れないブラックのまま一口飲む。

花茶とは違い、黒に近い焦げ茶色の液体は、初めて見た時は驚いたけれど今はすっかり慣れた。

むしろ独特の苦みとコク、そして、香ばしい香りがたまらない。今では自分でも淹《い》れるようになったくらいだ。

やはりカフェ・おむすびのコーヒーはおいしいな、と思いながらエリアスはカップを戻した。

コーヒーを堪能《たんのう》して、今度はスイーツ。――と普通ならなるだろう。

しかし、エリアスは違う。

エリアスにとってスイーツとは食べるものというより、目で楽しむものなのだ。

なにしろ、エリアスは甘いものが得意じゃない。それもカフェ・おむすびに来るようになって知った。

果物などの酸味があるものはまだいい。そこまで好きなわけじゃないけれど、まだ食べられる。

しかし、クリームや焼き菓子のもったりした甘さはダメだった。

コーヒーでごまかしつつ、一口二口が限界だ。

じゃあなぜ食べられないスイーツを注文するか。それは、宝石デザインのインスピレーションのためである。

食べ物でありながらも、美しい造形をしたカフェ・おむすびのスイーツ。

綺麗に波打つクリームや均一にカットされた果物。それが絶妙にデコレーションされている。

スイーツを見ていると、新しいアイデアが浮かぶこともしばしばある。スイーツをヒントにデザインを描いたことも何度かあった。

おいしいコーヒーを飲みながら、美しいスイーツを眺めてアイデアを練る。

それがエリアスにとって最高の気分転換なのだ。

しばらくスイーツを堪能《たんのう》し、いくつか試してみようと思うアイデアが浮かんだ頃、店内がにわかに騒がしくなった。

声がする方を見ると、店長のリサを間に少女二人が何か言い争っている。

オレンジ色の髪の子は、何度かカフェでも見かけたことがある。たしか料理科のリサの生徒だったはずだ。

もう一人の子は、フェリフォミア出身じゃないらしい。

白銀色の癖《くせ》のない長い髪。それと同じ白銀色のまつげに縁《ふち》取られた瞳は金色。肌の色も白く、まるで雪の精霊のように思えた。

――綺麗な子だな。

惜しむらくは怒っていることだろうか。切れ長の目尻がさらにつり上がっている。

そこでエリアスはあることがふと頭に浮かんだ。

怒っている時には甘いものが良いらしいと聞いたことがある。

「あの、オリヴィアさん」

エリアスはカウンターの中で作業をしているオリヴィアをちょいちょいと手招く。

「なんでしょう？」

「もしよかったらあの子にこのケーキをあげることってできますか？　あ、もしかして同じのを頼んでいたらまずいかな……」

「注文は違うものでしたからそれは大丈夫だと思います」

「それなら良かった。僕はこの辺で帰ります」

「はい、ではお会計ですね」

エリアスはしっかりとコーヒーを空にして席を立つ。入口近くのレジで精算をすると、白銀色の髪の少女の反応を見ることなく店を出た。


それからしばらく経ち、夏が本番を迎えた頃、王都では大々的な催《もよお》しが開かれていた。

料理コンテストである。

書類審査を通過した三人が、今日二次審査を行《おこな》うのだ。内容は中央広場で実際に料理をして競うというものらしい。

エリアスはそれを見るために、人でごった返す中央広場に来ていた。

今日は仕事がないため、暑さ対策をしてきた。……といってもいつもきっちり着ているベストやジャケットを脱ぎ、涼しいシャツ姿ってだけだが……

ポケットから取り出したハンカチで汗を拭《ぬぐ》いつつ、それで時折扇《あお》ぐ。念のため、ハンカチも二枚持参している。

汗を拭いたハンカチで洗った手を拭くのが嫌だからだ。

二次審査の参加者が登場すると、エリアスはおや？　と思う。

三人のうち二人に見覚えがあるからだ。

一人はオレンジ髪のカフェ常連の女の子。

もう一人は、そのオレンジ髪の子と以前カフェで口論していた白銀色の髪の子だった。

最後の一人は褐色《かっしょく》肌の男性。こちらは他の二人よりかなり年上だろう。

その三人で料理コンテストの二次審査は開始された。

料理のことはエリアスにはわからないが、それでも料理コンテストは見所満載だった。

参加している三者三様にいろんなアイデアを出し、創意工夫に溢《あふ》れていた。

また、食材も見たことがないものから、ありきたりでも改めて見るとなかなか興味深いものもあった。

他の観戦者とは視点がまったく異なるだろうが、エリアスとしてはいろいろと新しい気付きがあったコンテストだった。

順位は、褐色《かっしょく》肌の男性が一位、オレンジ髪の子が二位、白銀色の髪の子が三位という結果になった。

アイデアに加え経験の差というのもあった気がする。もちろん二位の子も三位の子もここまで残るだけあって素晴らしかった。

——スイーツが作られなかったのは残念だなぁ……

結果発表が終わり、ちりぢりに帰路につく観客の中で思う。

たくさんの人が広場から去るので、もう少し人が減ってからの方が身動きを取りやすいだろうと、エリアスはしばらくその場に留まる。

すると、視線の端に白銀色が見えた。

そちらに目を向けると、三位だった白銀髪の子が俯《うつむ》き気味に物陰に向かっていく。

ほんの少しだけ見えた彼女の目からは涙が出ていたのがわかった。

エリアスは人が集まっている広場の入口を横目に、彼女を追う。

木の陰に隠れるようにその白銀髪の子はうずくまっていた。

エリアスはそんな彼女にそっと声をかけた。

「お嬢さん、よかったらこれ使ってください」

言葉と共に使っていないハンカチを差し出す。するとハッとした様子で彼女が顔を上げた。

悔し涙なのだろう。白い頬にはいくつもの涙のあとがあった。

以前見た彼女の表情は怒り。今日は悲しみ。

どちらの感情の彼女も綺麗ではあったけど、エリアスは思った。

「今度は笑った顔が見たいですね」

「え……」

きょとんとした顔をする彼女。目が丸くなり少しあどけない顔だ。エリアスは微笑むとハンカチを渡す。

流れで受け取った白銀髪の子に満足すると、エリアスは彼女に背を向けた。

——そうだ、感情をモチーフにしたデザインはどうだろう？

ふとアイデアが浮かんだ。

これはデザインを描きおこさなくてはと、足取り軽く広場を後にするエリアス。

そんな彼を、渡されたハンカチを胸に抱きながら目で追いかける白銀髪の少女——エルミーナの姿があったことにエリアスは気付いていなかった。

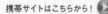

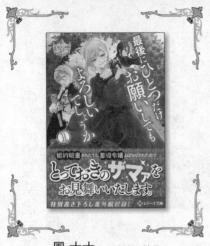

Regina COMICS
大好評発売中！
最後にひとつだけお願いしてもよろしいでしょうか 1
原作 鳳ナナ
漫画 ほおのきソラ
アルファポリスWebサイトにて
好評連載中！
待望のコミカライズ！
舞踏会の最中に、第二王子カイルから、いきなり婚約破棄を告げられたスカーレット。さらには、あらぬ罪を着せられて"悪役令嬢"呼ばわりされ、大勢の貴族達から糾弾される羽目に。今までずっと我慢してきたけれど、おバカなカイルに付き合うのは、もう限界！　アタマに来たスカーレットは、あるお願いを口にする。――『最後に、貴方達をブッ飛ばしてもよろしいですか？』
とっておきのザマァを拳で差し上げましょう。
アルファポリス 漫画
検索
B6判／定価：本体680円＋税
ISBN:978-4-434-27024-6

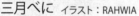

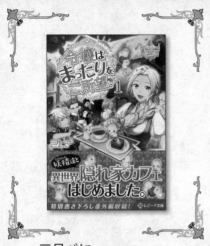

本書は、2018年3月当社より単行本として刊行されたものに書き下ろしを加えて文庫化したものです。


この作品に対する皆様のご意見・ご感想をお待ちしております。

おハガキ・お手紙は以下の宛先にお送りください。

【宛先】

〒150-6008 東京都渋谷区恵比寿4-20-3 恵比寿ｶﾞｰﾃﾞﾝﾌﾟﾚｲｽﾀﾜｰ 8F
（株）アルファポリス　書籍感想係

メールフォームでのご意見・ご感想は右のＱＲコードから、
あるいは以下のワードで検索をかけてください。

アルファポリス　書籍の感想　検索

ご感想はこちらから

レジーナ文庫

異世界《いせかい》でカフェを開店《かいてん》しました。11

甘沢林檎《あまさわりんご》

2020年7月20日初版発行

文庫編集－斧木悠子・宮田可南子
編集長－太田鉄平
発行者－梶本雄介
発行所－株式会社アルファポリス
〒150-6008 東京都渋谷区恵比寿4-20-3 恵比寿ｶﾞｰﾃﾞﾝﾌﾟﾚｲｽﾀﾜｰ8階
TEL 03-6277-1601（営業）　03-6277-1602（編集）
URL https://www.alphapolis.co.jp/
発売元－株式会社星雲社（共同出版社・流通責任出版社）
〒112-0005 東京都文京区水道1-3-30
TEL 03-3868-3275
装丁・本文イラスト－⑪（トイチ）
装丁デザイン－ansyyqdesign
印刷－株式会社暁印刷

価格はカバーに表示されてあります。

落丁乱丁の場合はアルファポリスまでご連絡ください。

送料は小社負担でお取り替えします。


ISBN978-4-434-27508-1 C0193